어~ 담이 왜 넘어가지?

김영미 수필집

김영미 수필집

어~ 담이 왜 넘어가지?

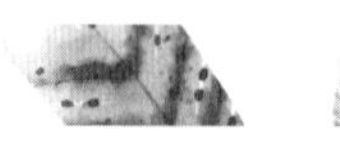

작가의 말

한권의 수필집을 발간하려니 쑥스럽고 많이 부족하여 망설였습니다.

글을 쓴다는 것은 저 자신을 다듬고 위로가 되는 것이며 어둠속에서도 길을 잃지 않게 격려와 다짐으로 다시 일어서게 하는 힘이 되었습니다.

두 해전 코로나가 시작 될 무렵 갑작스럽게 엄마와 오빠를 떠나보내는 긴 슬픔을 맞았습니다. 삶의 등대가 꺼져버린 나의 동생들에게 위로와 치유가 되었으면 합니다

딸 민지가 노트북을 사주고 글을 쓰도록 응원하며, 또한 표지 그림과 삽화를 그려서 한권의 수필집으로 엮는데 큰 힘을 실어 주었습니다. 긍정의 지지로 수필집을 발간 할 수 있도록 양천문인협회 권순자 회장님의 격려와 도움에 깊은 감사드립니다.

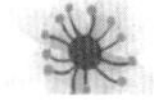

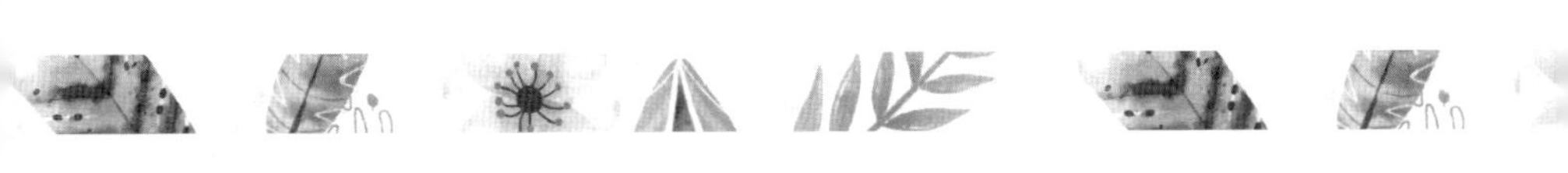

이 책을 읽는 모든 분들이 코로나로 많은 어려움 속에서 또 병마 속에서 힘들지라도, 용기를 내어 이겨내시고 행복이 꽃피는 좋은날이 오기를 기도드립니다.

거친 바람이 불어 되는 사막에 있을지라도 언젠가는 오아시스를 만나리라 희망을 갖고, 흔들리는 마음일지라도 포기하지 마시고 활짝 꿈이 펼쳐지기를 응원합니다. 저의 글이 부족하지만 미소와 느낌이 있는 따스한 글이 되었으면 좋겠습니다.

모든 분들의 인연에 감사드리며 사랑하는 가족들께도 감사드립니다. 이 책을 읽는 모든 분들이 건강하시고 행복하시기를 기도드립니다.

2022년 여름에

김영미

차례

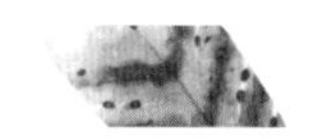

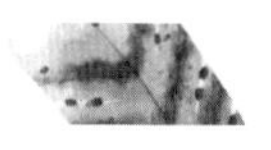
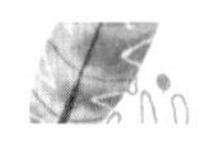

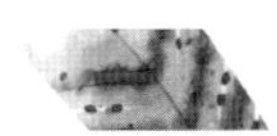

3부 사랑

4부 마음

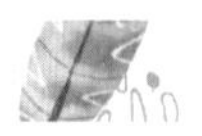

5부 시련

6부 여행

1부

열정

신혼 상경기上京記

지금은 빠른 정보력에 사건, 사고의 내용을 순식간에 알게 된다. 설령 직접 연락을 하지 않아도 인터넷의 발달로 세계의 시선을 한울타리에 집결시킨다.

해외에 나가면 우리나라의 인터넷 속도는 세계 최강이라는 걸 느끼게 한다. 해외여행 중 핸드폰 로밍이나 데이터 요금을 신청하지 못한 경우에는 답답할 때가 많다. 공짜로 카톡을 할 수 있는 게 얼마나 좋은 것인지를 느끼게 한다. 유럽 여행 중에 가이드가 카톡이 잘 되는 상점에 안내하고서는 선물을 주는 것처럼 "이곳은 카톡이 되니 데이터요금제 신청 못 하신 분은 이곳에서 하세요."라고 알려 주면 돈을 번 기분이었다. 그때는 모두가 요금 없는 카톡을 하느라 빠른 손놀림으로 핸드폰을 움직인다. 사진을 보내거나 유럽 여행 중에 못다 한 소식이나 궁금함을 보내는 표정들이 행복해 보였다.

예전엔 빠르게 소식을 전할 수 있는 유일한 방법으로는 전화기가 최고였다.

신혼 때 어린 아기 둘을 데리고 고향을 갔다 오려면 무척 힘들었다.

돌 지난 딸은 등에 업고, 네 살배기 큰 애는 걸리고 영등포역을 빠져나오려면 고생이 이만저만이 아니었다. 마중을 나온 남편이 조금이라도 늦거나, 기차가 연착되면 역 대합실 어디서 만나야 할지를 몰라, 약속을 했지만 시간 차이로 어떻게 연락할 방법이 없어서 안달을 하던 시대도 있었다.

기차를 자주 타고 다니던 나는 '기차 안에도 공중전화가 있었으면 좋겠다.'는 생각을 몇 번씩이나 했었는데, 몇 년이 지나니 기차에도 공중전화가 생겨서 참 편리하고 고향 갔다 오는 게 수월해서 좋았다.

나에게는 적어도 전화는 고향을 떠나 수도권으로 상경해서 사는 외로움을 달래주는 역할을 했다. 어린 아기를 키우고 있는 나에게 멀리 계신 친정엄마와의 거리를 좁혀 주는 다리의 역할과도 같았다.

경상도에서 남편을 만나 결혼 2년 반 만에 서울 근처 경기도로 이사를 하게 되었다. 사투리가 지금도 심하지만 그때는 더 심했으니, 말을 빨리하면 알아들을 수가 없다는 이도 있었다.

경기도로 이사를 온 동네는 빌라촌으로 400세대에 공중전화는 단 2대뿐이었다. 다른 공중전화 부스와의 간격은 15분 거리였다. 집 앞에 전화가 고장이 나거나 사람이 줄을 서서 기다리고 있으면 15분을 걸어가서 다른 공중전화로 찾아갔다. 그곳 공중전화도 사람이 줄을 서서 기다리면 짜증이 이만저만 아니었다. 몇 분의 통화를 하기 위해 기본적으로 30분은 기다려야 했다.

줄서 있는 사람이 보이지 않는 공중전화를 보면 반가워서 지나가다

용건 없는 통화를 하기도 했다. 친정엄마의 걱정에 보답하는 길은 공중전화로나마 내 목소리를 들려주는 것이 최고의 효도라고 생각되었기 때문이다.

몇 개월을 공중전화 박스 앞에 줄 서는 것에서 하루를 시작했다. 그러나 충격적인 일을 목격하게 되었다. 앞 동 빌라 새댁이 나에게 찾아와 신문사에 고발해야 할 일이 있다고 선포하고 이야기를 털어놓았다. 우리 옆 건물 빌라 전체에 집집마다 전화가 다 들어왔다는 말을 하면서, 어떻게 이런 일이 있을 수 있냐고, 흥분과 홍조 빛 얼굴로 입에서는 거친 단어들이 쏟아져 나왔다.

우리 빌라 주민들은 공중전화 오래 쓴다고 뒷사람한테 야단맞고 공중전화 줄이 길면 집에 들어오고, 지겹도록 기다려 겨우 몇 분 통화하는 세상에….

"언니, 우리 이렇게 당하지 말고 내가 아는 친구가 신문기자거든. 그 기자 불러서 신고하자."

새댁은 말을 하다말고 괘씸해서 이대로 가만히 있을 수만은 없다며, 억울하다고 펄펄 뛰었다.

2살 많은 나는 언니인 만큼 차분하게 대처하자고 달랬다. 다음날 관련 전화국에 공중전화로 억울한 심정을 토로하면서 관련 책임자와 통화를 했다. 선로가 없어 며칠만 기다려 달라 하니 약속 일자를 정하고 전화를 끊었다. 약속날짜가 지났지만 감감무소식이었다. 전화국에서 또다시 날짜를 잡아서 기다려 달라고 하여, 그때까지 약속 안 지키면 나는 전화국을 찾아간다고 했다.

드디어 전화국이 약속한 날짜가 다가왔는데도 공사할 기미가 안 보였다. 난 어쩔 수 없어 전화국을 찾아가는 게 아니고 쳐들어가겠다는 각오로 빌라 전체 집집마다 찾아다니며 전화국을 찾아가야 할 이유를 설명했다. 그리고 주민들의 동의와 사인을 받아내 같이 가자고 약속을 했다. 전화국 찾아가는 날짜를 알려주고 빌라주민 전체의 동의서를 챙기고 며칠을 더 기다렸다.

드디어 출정하는 날! 날씨가 뜨거운 여름이라 힘들지만 각오는 죽기살기로 하자는 마음이었다. 그런데 주민 모두를 어떻게 집합시켜야 할지가 문제였다. 고민하던 그때 과일 장수의 요란한 고함소리와 함께 트럭이 우리 빌라에 멈추어 섰다. 난 과일을 좋아해서 과일차가 오면 매일 달려가서 먹을 분량만큼만 사왔으므로 과일장수 부부는 4층에 사는 내가 내려올 때까지 항상 나를 기다리고 있었다.

"아저씨, 오늘은 마이크로 방송 좀 해주세요."

"뭐라고 방송해드릴까요?"

"'입주자 여러분, 빨리 내려와서 전화국 가자'고 알려 주세요."

과일 아저씨는 확성기를 폼나게 잡았다.

"아~ 아~ 입주자 여러분~ 여기는… 저 못하겠는데요. 말이 잘 안 나와서…."

과일장수 아저씨는 나에게 확성기를 주었다.

"아~! 입주자 여러분, 오늘은 전화국에 데모하러 가는 날입니다. 퍼뜩 내려 오소예."

갑자기 과일장수 부부가 웃으며 내 말이 무슨 말인지 못 알아 듣겠다고 나서 키득키득 웃었다.

내말에 사투리가 심해서 못 알아 듣겠다는 말에 나는 다시 확성기를 들고 외쳤다.

"아~! 아, 입주자 여러분, 오늘은 우리가 전화국 가는 날 인기라예, 퍼뜩 내려 오이소예."

그러자 과일장수 아내가 사투리 때문에 안 되겠다며 마이크를 받아 들고 나 대신 외쳤다. 조금 후 사람들이 몰려들기 시작했다.

나는 노인과 꼬맹이들 안전을 위해 건강한 아줌마로 책임자를 정하고, 임신부와 아기 업은 새댁을 분류해서 줄지어 전철을 타고 내려서는 각각 택시를 나눠 타고 전화국에 쳐들어갔다.

어른이 50명, 아이들이 30명쯤 되었다. 전화국에 도착한 나는 안전한 회의를 위해 우리를 안내하라고 책임자를 불러내었다. 사각으로 꽉 막힌 테이블 안쪽에 꼬맹이들 20명을 풀어 놓으니 싸우고 울고불고 야단이었다. 그 바람에 회의는 바로 진행되었다. 나는 마음을 가다듬고 조목조목 이유를 물으며 따졌다.

많은 노인들이 아플 때가 자주 있어서 공중전화 한 대로는 어렵다, 위급한 환자와 만삭의 산모가 있어도 공중전화 한 대로 119구급대도 제대로 부를 수 없는 지경이다, 그런데 왜 옆 빌라는 무슨 조건으로 집집마다 전화를 넣어 준 것인지 해명하라고 외쳤다. 선로국장이 죄송하다는 말만 연거푸 하고 살려달라고 애원하면서 이번 주 안으로 공중 전화를 4대 추가해서 설치하고 보름 후에 집집마다 전화를 다 넣어주겠다는 빌라 주민 대표인 나에게 각서를 써 주었다.

그 이후 난 빌라의 유명인이 되었다. 길 가다가 만나는 주민들은 나에게 전화가 빨리 집에 들어오게 되어 고맙다는 인사를 잊지 않았고, 국회의원 출마하시는 분은 나를 만나러 찾아오기도 했다. 난 동네의 유지가 되어 있었고 동 대표로, 통장으로 초대되었지만, 난 절대로 할 수 없다고 뿌리쳤다. 왜냐하면 난 그때 둘째 아이 임신 6개월로 배를 가리고 있었고 내 나이 30세였다.

임신부의 사정을 누구보다도 잘 알고, 아픈 노인들의 심정을 이해하고 앞장설 수밖에 없었다. 난 주민을 사랑하는 마음을 가진 동 대표를 세워 빌라 400세대가 행복하게 살기를 바란다고 주문을 한 채, 부천으로 이사를 와서 우리 둘째인 딸을 낳았다.

그때 낳은 공주가 내가 데모하려 전화국 인솔하던 나이가 되었고 지금은 서울시 주민으로 살고 있다. 지금은 스마트폰의 세상으로 공중 전화를 이해할 수 없는 세상이다. 나는 어느새 60의 중년이 시작되어, 웃고 우는 아련한 추억으로 아련히 남아 있는 그날을 떠올린다.

지나온 세월 속에서 잊히지 않은 삶의 이야기는 미소를 자아내기도 하지만 또 다른 삶의 연속이 되기도 한다. 아직도 나의 열정은, 힘들지만 리더를 자처하고 구성원의 힘이 되기를 갈망한다. 중년이라고 가만히 있지 않고 오늘도 딸이 설치해 준 스마트 폰 앱으로 영어 단어를 찾아보고, 많은 정보를 검색해본다.

핸드폰에서 나를 부르는 소리가 들린다. 맛있는 것 먹으러 가지고 약속했던 맛집으로 나를 밖으로 불러내는 소리가 틀림없다.

"엄마, 여기 보세요." 찰칵.

맛있는 음식 앞에서 엄마의 모습을 찍어주는 딸이 있어서 행복하고, 추억을 기억하는 핸드폰에는 수많은 사진이 나를 웃게 한다.

어~ 담이 왜 넘어가지?

자동차는 시간 절약과 편리함에 지대한 역할을 해준다. 살아가는데 중요한 수단이 되어주기에 차가 없으면 움직일 수가 없다는 사람이 많다. 삶의 여유와 부의 척도가 되기도 하여 자동차에 대한 만족도가 높은 것이다. 자동차는 도로를 물들이고 속도의 날개로 출렁이며 달리는 대신에 소요 시간을 절약하여 여유를 준다. 운전을 못 하는 사람들은 대중교통에 의지하여 생활할 수밖에 없어, 마음 놓고 다닐 수 있는 생활반경이 좁아지는 것 같다.

어느 날 무슨 연유로 자존심이 상하여, 나는 자의 반, 타이 반, 오기로 운전면허증 취득에 도전하기로 했다. 운동신경이 예민하지 못한 나는 대신에 암기 필기시험에는 자신감이 있었다. 운전 교본 책을 하루 챙겨보고 조용히 접수하여 바로 합격하였으나 아무도 믿지 않았다. 좋은 점수를 받았으므로 그때까지는 당당했다.

문제는 실기시험이었다. 맡길 곳이 없는 3살 된 딸을 업고 운전면허 실기 연습장에 찾아가서 등록했다. 연습 때마다 운전연습장 벤치에 아이를 앉혀놓고, '엄마가 운전 연습하고 올 테니 꼼짝하지 말고 자리에 앉아 있어라.'하고 말했다. 아이는 햇살 무더기를 피해 벤치에 앉아서 참을성 있게 잘 기다려주었다. 그렇게 나는 운전연습장에 20일 동안 다녔다. 애기를 들쳐 업고 오는 이는 나 혼자뿐이었다. 그 당시 내 눈에는 운전강사는 아가씨들에게는 친절하게 잘해주는 것 같았다. 애기를 업고 온 나에게는 친절하지 않았다는 인상이 들었다. 내 운전 실력 또한 형편없으니 운전 강사가 잘해 줄 일이 없었던 것 같이 여겨진다.

1차 실기 운전시험 치러 가는 날 딸을 맡길 곳이 없어서, 신혼인 새댁에게 딸을 맡기고 시험장에 갔다. 시험 보러 가고 오는 시간과 운전시험 대기시간이 있으니 운전 실기 가는 날에는, 골목에 웬만한 사람들은 내가 운전시험 치러 간 걸 알고 있었다. 한 달에 한 번씩 딸을 맡기고 가니 실기시험 떨어진 횟수가 안 봐도 뻔했다.

면허시험장에서 앞의 실기시험 본 남자가 사이드미러를 얼마나 꽉 잡아 당겨놓았는지 사이드미러를 못 풀어서, 코스시험에 2번이나 출발하지 못하였다. 그 바람에 아이를 맡기고 온 보람도 없어 운전 차량에서 시간 초과로 탈락하여 차에서 내렸다. 차 밖에서 시험 치려는 대기자들이 계단에 앉아서,

"아줌마, 아줌마!"라고 크게 불러주면서 사이드미러를 내리라는 시늉을 해주었고 나는 창피하게 정해진 시간 초과로 탈락하였다. 어이없는 실수로 아까운 몇 개월을 보낸 셈이었다. 어느 날, 가족끼리 큰 시누이인 형님 집을 가는데 3살 된 딸이 나는 못 봤지만 지나가던 운전면허 연습차를 보았던 것이었다.

"엄마, 꼬스따스?"

어린 딸이 뭔가 묻는 것 같은데 나는 알아들을 수가 없었다. 그래서 딸에게 꽃을 따 달라고? 뭐라고? 하며 되물었더니, 노랑 운전 연습 차량을 손가락으로 가리켰다.

"엄마 운전 꼬스땄·냐·고."

아이의 또박또박한 말에 나는 면허시험 차를 보고야 무슨 말을 하는지 알아차렸다. 몇 주를 등에 업고 다녔으니, 엄마의 코스 연습하는 모습을 지켜보았을 것이다. 코스 면허시험장 가는 날에는 안 떨어지려는 딸을 달래서 이웃에게 맡겨 놓고 온 날도 있었지만, 아이는 엄마가 운전면허 따러 코스시험 보러 갔다 온다고 달래던 것을 기억하고 있었던 것이다.

주행 실기를 포함해서 6번 만에 합격했는데, 그중 3번을 운전석에 앉았다가 내려왔으니 정말 우사스러운 일이었다. 마지막 합격 시험은 지방에 계신 친정아버지를 모셔 와서 딸을 맡기고 시험장에 갔다. 시험 치르기 전날, 운전 가르치던 강사가 한 달 더 운전 연습을 신청하라고 조언했다. 아무래도 그것이 좋을 듯하고, 그러면서도 마음 편히 잘 보고 오라고 했다.

내가 실력이 없으니 운전 강사가 그런 말을 하는 것은 괜찮지만 너무 기를 죽이니까, 강사한테 실기를 배우고 싶은 생각이 사라졌다. 그래서 어떻게든 이번에 운전면허를 따서 자랑하고 싶었다.

실력이 없으니 기도라도 하고 가자는 생각에, 운전 주행 중 기도만

하고 달렸다. 출발할 때 안전벨트도 안 매고 크리스마스 선물로 합격하게 해달라고 했다. 언덕 주행도 낯설기만 해서 불안해서 더 기도했던 것 같다.

주행을 마치고 오니 딩동댕 소리가 들려서 다른 사람이 합격했는지 궁금해서 물어보았다. 실력이 없다고 구박을 받은 내가 안전벨트 안 맨 것 감점을 빼면 만점을 받은 셈인데, 딩동댕 합격 소리는 내 것이 아니라 생각되었기 때문이었다.

천만 원짜리 선물을 받은 셈이었다. 강사가 그 당시 운전면허는 천만 원 줘도 안 바꾼다고 말을 하면서 지적을 많이 했기 때문이었다. 실력은 별로 없었지만, 운전면허 시험에 합격했다고 하니 남편은 전혀 믿지 않았고 장난치지 말라고 했다.

운전면허증을 당분간 장롱에 감추어두고 남들이 가진 걸 나도 가졌다는 기쁨으로 부듯했다. 몇 년 후 남편이 지프차를 사주었다. 이건 남성미가 넘치는 무슨 이런 차를 사주었는지 모르겠다며 투덜댔다. 남편은 내가 운동신경이 부족해서 앞이 환히 보이는 걸로 사주었다고 했다. 가죽점퍼를 입고 운전하는 날에는 사나이가 된 기분이 들었다.

남편은 나에게 회사 출퇴근하는 길을 알려주고 조수석에 앉아 연수시켰다. 남편이 3일 동안 나를 연수시키더니, '내일부터 혼자서 운전하고 다녀요.'라고 회사 앞 주차장에서 말했다. 그때, 서운함을 느끼며 주차를 하는데, 갑자기 우리 회사 빨간 벽돌 담벼락 350밀리미터 두께의 벽이 넘어가는 게 보였다.

"어~ 담이 왜 넘어가지?"

하고 바라만 보고 있는 순간에, 내가 브레이크를 밟아야 하는데, 액셀을 힘 있게 밟고 있었던 것이었다.

옆 회사 차들이, 담벼락에 붙여놓았던 6대가 직격탄으로 눌러지니 주위 회사 사람들이 팝콘이 튀듯이 이곳저곳에서 뛰어나오고, 무너지는 담벼락에 깔린 차 주인들의 함성까지 봇물터지듯 쏟아졌다.

"에이씨- 에이씨-" 라는 원성이 터져 나왔다. 나는 어쩔 줄 몰라 물끄러미 쳐다만 보고 있으니, 남편은 나더러 걱정하지 말고 사무실에 올라가라고 본인이 수습할 테니 빨리 들어가라고 했다.

사무실에 들어와서 창밖을 내다보니 어찌 그리도 많은 사람들이 다 모였는지 놀라웠다. 지진이 난 것처럼 담벼락이 큰소리를 내며 한꺼번에 무너지니 사람들이 놀라서 순식간에 모여든 것이었다.

총무팀장이 주차마당에 있다가 뛰어나와서 벽을 세워보려고 하다가 손이 찢겨 급히 붕대를 감고, 무너지는 벽을 지나가던 온 동네방네 사람들이 쳐다보고 납품 오는 사람들도 희한한 구경거리를 만나듯 모두 의아해했다. 보름 후 천명이 더 본 무너진 담벼락을 보고, 내가 스트레스 받는다고 남편에게 무너진 담벼락을 빨리 치워 달라고 했다.

사장인 남편은 펜스를 쳐서 덩굴장미로 곱고 아름답게 만들어 나의 자존심을 세워 주었다. 사진을 찍는 포토존처럼 아름다운 덩굴장미로 몇 년을 보내고 옆의 공장을 사서 확장했다. 펜스는 철거되고 넓은 주차장으로 많은 차에 편안함을 주게 되었다.

그 당시 남편은 내가 운전대를 놓을까 봐 걱정했다. 그런데 다른 사람이 5분 전에 출발해도 내가 따라잡으니 속도가 너무 빠르다고 걱정이었다.

몇 년 후 경인고속도로를 달릴 때였다. 사망 사고 지점에서 앞서 잘 달려가던 소형차의 바퀴가 하늘을 보고 뒤집혀 누워 있었다. 가속으로 가던 나는 차를 급히 급브레이크를 밟았는데 내 마음대로 말을 듣지 않고 제어가 되지 않았다. 아무리 애를 써도 순간 잡을 수 없이 핑 돌고 무방비 상태가 왔다.

그 몇 초의 순간에 모든 것이 끝나는 것 같은 예감, 이래서 사람이 죽는구나. 무서워서 순간 눈을 감았고 쿵 하고 박혔다. 빙 돌더니 다행히 방음벽을 들이받아 다른 차에는 피해를 주지 않았다.

생과 사의 갈림길이 몇 초의 순간에 결정날 수도 있다. 그날 죽을 수가 있었지만 튼튼한 차라서 사고의 충격을 완화시켜 감사하게도 놀란 가슴으로 살았다. 남편이 다행히 이런 차를 사준 게 고마웠다. 이후 건강상의 이유로 차를 두고 걸어 다녀 보니, 운동이 되어 약이 줄어들고 몸이 좋아졌다.

삶의 매듭이 풀려 넘어가는 노을처럼 사는 날까지 내 삶을 잘 움켜쥐고 지켜내고 싶지만, 생명은 몇 초의 순간에도 이 세상과 이별 할 수 있다는 사실을 몸소 느꼈다.

담벼락 사고를 수습 해준 남편에게 고맙다고 말하지 못했는데 이 지면을 통해 감사드린다.

주행하는 중에 차와의 간격이 얼마나 중요한지를 몸소 체험하고 나서 살아 있는 순간순간 감사와 안전으로 대비해야 함을 느꼈다. 살아 있음에 행복하고 감사하다.

끝장! 라이브 카페와 배추

끝장을 보는 나의 급한 성격 때문에 나는 어디를 가더라도 머뭇거림이나 질질 끄는 자체를 싫어하는 편이다. 엄마로부터 나는 '잘못하다가는 위험에 처할 수 있으니, 한 번 더 생각해보고 행동하라.'는 말을 많이 들었다.

내가 생각을 안 하는 것도 아니다. 마음속으로 몇 번씩 생각으로 연구를 하고 고민을 하지만 행동이 누구보다도 빠르다는 것뿐이다. 나의 성격은 처음 볼 때는 차분한데, 조금만 익숙하면 쾌활하고 밝아서 어느새 오래된 사람처럼 가까워지는 경우가 많았다. 낯선 곳에서도 상대방에게 먼저 다가가서 말도 붙이고 어색한 모임에서도 자연스럽게 동화되어 편안한 느낌을 주는 친화력은 좋은데 여성스럽고 얌전한 것과는 거리가 멀다.

무엇을 하기로 마음먹었으면 끝장을 봐야 적성이 풀린다는 게 문제다. 속도전에는 밥도 안 먹고 잠도 안 자도 마무리를 해야 하루를 끝낼 수가 있기 때문이다.

여고 시절에 벙어리장갑을 털실로 짤 때였다. 학교 수업을 마치고 집에 와서 뜨개질하느라고 밤늦게까지 이어졌다. 내 방에 불이 켜져 있으니 엄마는 계속 걱정이 되었는지 나를 다그쳤다. '불 끄고 빨리 자라.', '내일 아침에 학교에 가야 한다.'라고. 그럴 때는 불을 잠깐 껐다가 부모님 주무신 걸 확인하고 몰래 밤새도록 죽기 살기로 뜨개질로 벙어리장갑을 짜 내려갔다.

하나에 꽂히면 끝을 내야 한다는 사고방식에서 내가 나를 혹사한다. 성질 급한 나에게는 촘촘한 대바늘뜨기보다는 사이즈가 확확 커지는 코바늘뜨기가 최고였다. 장갑은 두 짝인데 도안도 없이 나름대로 구상을 해서 새벽을 불태우듯이 완성을 하는데 너무 무리했는지 코피가 흘러내린 줄도 모르고 완성했다. 그게 나에게는 끝장의 묘미였는지도 모르겠다.

중학교 때 사촌 언니를 따라 경상남도 창원에서 충청남도 천안에 며칠 계획으로 큰고모 집에 놀러 갔다. 중학교 시절 마지막 겨울방학이라 갈 때는 없고 친척 언니를 따라가면서 실타래와 코바늘을 들고 놀러 갔다. 혹시 심심하면 아까운 시간을 활용하려고 했다. 학생이 방학 숙제를 가져가야 할 텐데 실타래만 챙겨서 따라나섰던 게 지금 생각해도 엉뚱했다.

나는 그때 초등학교에 막 입학을 앞둔 막내 남동생에게 선물을 주려고 맘을 먹었다. 그래서 고모 집에서 꼼짝 안 하고 뜨개질을 부지런히 해서 1박 2일 만에 초록색 조끼를 한 벌 짜서 가져왔다. 친척 집에 놀러 가서 밤새도록 뜨개질만 하니 연세 많은 큰고모의 걱정은 당연한 것이리라.

예전에는 언니나 누나들이 동생들을 챙겨야 했고, 부모님도 맏이나 큰딸에게 동생들 잘 챙기라는 당부의 말씀을 하셨기 때문에, 내 생각에 깜짝 입학선물로 구상했던 것이었다. 너무 빠른 속도전에 놀랐을까. 내가 떠서 준 것이 아니라고 했다. 그렇다고 뜨개질 실력이 있다거나 취미가 있는 것은 아니다 그저 한번 손에 잡으면 끝장을 보고 마무리를 확실히 해야 한다는 목표 의식일 뿐이었다.

결혼 후 사업을 시작한 초창기에 생긴 일이 생각난다. 자동기계에서 나온 제품을 수작업하고 나서 거기에다 도금을 하여 완성된 제품을 납품하는 일이었다. 그런데 제품을 시멘트 부대자루에 넣어 회사 문 앞에 놓아둔 바람에 제품이 사라지고 없었다. 당장 시간도 없는데 큰일 났다.

물건 소재를 수소문해보니 고물 주워가는 사람이 가져갔다는 정황이 나왔다. 그 순간 직원들은 그냥 잃어버렸는데 찾을 수는 없다고 포기하자고 했지만 나는 수습하기 위해 제품이 든 부대자루를 찾아야겠다고 마음먹었다. 부천에 갈 만한 고물상에 연락하고 부대자루를 찾으러 다녔다. 부천 시내 관할 고물상을 다 찾아다녔지만 찾지 못하였는데 한 고물상에서 나더러 시흥으로 가보라고 알려주었다. 위치도 잘 모르는 나는 버스를 타고 시흥 시내 전체 고물상을 뒤졌다.

소나기처럼 갑자기 내리는 비를 맞고도 오늘 꼭 찾아내어야 한다는 사명감에 시간이 가는 줄 몰랐다. 어느새 어둠이 사방에 깔리고 캄캄

한 밤이 되어가는 줄도 모르고 물건이 든 자루를 찾으려고 시흥 거리를 헤맸다.

그날 고생한 것이 억울해서 끝장을 보고야 말겠다는 의지를 가지고 찾아보려 애썼으나, 끝내 그 제품이 든 자루를 찾아내지는 못하였다. 온종일 성과 없이 뛰어다니고 고물상을 수십 군데를 뒤지느라 몸이 지치고 힘든 하루였으나 결코 그 행동을 후회는 하지 않았다. 그냥 당하고 있는 것보다는 뭐라도 조치를 해야만 했기 때문이었다. 제품은 잃어버렸지만 그것을 찾으려고 최선을 다한 날이어서 배운 게 있었다. 그랬기에 그런 경험을 한 이후 제품 관리를 더욱더 철저하게 하게 되어서 그날에 대한 교훈이 내게는 소중한 경험으로 남았다.

사업 초창기에 이리저리 바쁜 일로 허덕일 때 남편이 문상을 다녀와야 한다고 했다. 1박을 하고 오겠다고 지인과 같이 문상을 호남선 열차를 타고 간다고 했다. 그런데 같이 간다던 그분에게서 전화가 왔다. 남편이 같이 안 가서 무슨 일이 있냐고 궁금해서 전화했다고 말했다.

그 순간 한방 얻어맞는 느낌이었다. 남편이 내게 거짓말을 하고 1박한다는 게 의심스러워서 '이 양반이 어디 갔을까?' 속으로 생각하고 연락했더니 문상을 하러 가는 중이라고 했다.

순간 정적이 흘렀다. 같이 간다던 분이 문상 마치고 왔다고 이야기했더니 더 이상 할 말 없이 적막감에 전화를 끊었다. 다음 날 남편은 경부선을 타고 올라왔다. 나는 초등생인 애들 앞에서 남편에게 따지고 묻고 하면 교육에 도움이 안 된다고 생각하고 집 근처에 있는 라이브 카페에 가서 이야기 좀 하자고 했다.

말없이 걷고 우리 두 사람은 가까이 있어서도 먼 사람 같은 느낌이었다. 카페를 가고 있는데 배추 장수 아저씨가 싱싱한 배추를 싸게 줄 테니까 사라고 외치는 것이었다.

사업 초기에 아무리 힘들어도 내가 직접 음식을 만들어서 아이들에게 먹였으며 김치는 꼭 직접 담가서 먹었고, 저녁때 직원들의 야식에 필요하다고 하면 제일 좋은 재료로 직접 포기김치를 담가서 식사를 준비해주었다.

난 배추 장수 아저씨를 빨리 퇴근시킬 겸 싱싱한 배추가 나를 부르는 것 같았다. 배추도 싸고 좋으니 밤새도록 김치를 담글 자신이 있었다. 나는 과감하게 배추를 한망을 사서 들고 라이브카페에 들어갔다.

생각보다 부피도 크고 묵직했다. 남편은 꼭 이렇게 사 들고 가야겠냐고 말렸지만 난 당당하게 푸른 배추 한망을 가지고 카페에 들어갔다. 주위의 시선이 느껴졌지만, 나는 남편의 신뢰가 더 문제였으므로 당당하게 들고 들어갔다.

라이브 가수가 노래를 부르고 사람들은 행복해 보였다. 난 배추가 테이블 밑에 숨어 있는 것처럼 나의 마음을 숨길 자신이 없었다. 나는 남편의 상황을 정확하게 파악해 내고 나를 속인 일에 대한 찝찝한 마음을 털고 싶었기 때문에 나의 마음을 까발렸다.

남편은 '절대로 당신을 속이거나 당신에게 신뢰를 저버릴 행동은 없었으니 믿어달라.'고 나에게 용서를 구했다. 한번 신뢰를 잃으면 지나간 일들도 생각나게 하므로 매사가 정확해야 되는데 깨진 신뢰가 문제였다.

남편을 오해하든 안 하든 내가 판단할 몫이었다. 끝장을 내야 직성이 풀리는 나는 마음에 그에 대한 불신이 계속 자리 잡으면 안 되므로 그 자리에서 용서하고 툭툭 털기로 했다.

때로는 이해를 하고 넘어가야지 계속 끌고 가다가는 가정에 불화의 불씨가 남아있게 된다. 계속 꼬치꼬치 묻다가 보면 끝장이 날 수도 있는 하루를 훈훈하게 털어주어 이해하는 마음으로 아름답게 마무리하기로 했다.

남편도 나름대로 사연이 있었겠지, 부부란 한 마음이 되어야 한다는 생각으로 내 마음을 다독이며 남편을 믿어주기로 했다. 집으로 돌아오는 길에 무심코 하늘을 봤다. 밝은 달이 나를 잘했다고 칭찬하는 듯 환하게 웃고 있었다.

열정

무더운 여름이 되면 짜증이 심해지고 더위에 지쳐 기력이 쇠잔하지만, 낮의 길이가 길고 푸른 잎이 무성한 나무를 보면 활기가 생긴다.

소파에 앉아 베란다 바깥을 바라보면 키가 큰 느티나무들이 보인다. 아파트 4층에 사는 우리 가족에게 나무들이 편안함을 주고 푸르고 넓은 정원을 선물해 준 것 같아 마음이 즐거워진다.

나뭇잎들이 다 떨어지고 앙상한 나뭇가지만 남은 겨울의 정원을 바라볼 때는 왠지 모를 쓸쓸함을 느꼈다. 한 해가 저물어 가면서, 한 살을 더 먹게 되어 세월이 주는 아쉬움에 슬퍼졌다. 그래서 희망찬 꽃 피는 봄과 푸른 여름을 기다렸다.

뜨거운 열을 내뿜으며 이글거리는 태양처럼 강하게 나에게 다가오는 단어는 '열정'이다. 열정은 나태한 나를 힘차게 돌려주는 원동력이 되어준다. 주위에 많은 사람들에게 나누고 싶은 말이 "최선을 다하라."이다. 최선을 다하기 위해서는 그 일에 몰두할 수 있는 뜨거운 맘이 있어야 한다고 믿는다.

시간을 알뜰히 사용하지 않고 물 흐르듯이 흐르게 버려둔다면, 시간은 우리를 기다려 주지도 않은 채, 우리가 머물고 싶어도 '지난 세월'이란 단어로 과거가 되니 현재가 사라진 것이다.

"시간을 도둑맞지 말자!"

난 아이들에게 "시간과 젊음이 재산이며 경쟁력이다."라는 말을 많이 쓴다. 한 해라도 남보다 빠르면 삶에 여유와 안정을 빨리 되찾기도 한 기분이지만 최소한 남에게 뒤처지지 않는다는 생각에 자신감을 가질 수 있기 때문이다.

아이를 초등학교 입학할 때 남보다 1년을 빠르게 학교에 입학시켰더니 초등학교 시절에는, "엄마, 왜 나만 한 살 적어요?"라고 원망을 많이 들었다.

그러나 성년이 된 이제는 아들이 "한 해 일찍 입학시켜줘서 감사합니다."라고 한다. 어학연수 1년을 갔다 와서 대학교 2학년을 마치고 휴학하고 군대에 가도 친구들이랑 나이가 똑같아서 지내기 좋다는 뜻이다. 생각하기에 따라 다르지만, 늦었다고 생각될 때 바로 행동으로 움직이는 것이 현명한 방법인 것 같다.

내 친구는 막내아들이 대학교에 입학하고 나서, 50살이 넘어 판매담당자로 취직을 했다. 대기업 최고의 임원인 남편의 만류에도 불구하고 자기를 뽑아 써 준다는 기업체가 있어 감사하다고 했다. 난생처음 취직을 해서 두려움 반 설렘임 반으로 그녀는 세일즈의 세계로 뛰어들었다.

'잘할 수 있을까?' 가가호호 방문을 하면서 마음을 다시 가다듬고, "난 잘할 수 있어." 하루에도 몇 번을 외치면서 1년이라는 세월 속에서 몇 군데 굵직한 오더를 따냈다. 방범 관련 상품이라 건축을 담당하는 곳을 찾아 제일 아랫사람부터 만나서, 계속 거슬러 올라가 회장님을 만나, 감동을 주고 끊임없는 도전으로 큰 계약을 따낸 것이었다.

한 건 계약을 위해 몇 번을 고객을 찾았다. 계약수당이 1만 원이라고 세일즈를 소홀히 했다면 누가 그녀에게 굵직한 계약을 주겠는가?

그녀가 고객을 감동시키기 위해 나에게 묻고 서로 의논하고 연구하던 모습에서, 자기 일을 소중히 여기고 있다는 걸 느꼈다. 최선을 다하려는 열정으로 쉬는 주말에도 고객이 만나자면 언제든지 달려갔다. 그녀 곁에 살아도 나는 그녀를 마음 놓고 만날 시간이 없게 되었다. 생활이 어려워서도 아니고 외로워서도 아닌 자신의 이름을 당당히 찾고 싶었던 그녀이기에 그 열정에 뜨거운 박수를 쳐주었다.

나 역시 30대 중반에 유아용 어린이 책 세일즈를 해보아서 안다. 나를 그곳에 발 딛게 한 지인은 남편의 사업 실패로 지하 단칸방에 살면서 먹고살기 위해 세일즈를 택했다. 몇 개월 동안 책 한 권 판매하지 못하고, 영업사무실에서 야단만 맞고 사는 그녀는 "차라리 해가 뜨지 않았으면 좋겠다." 고백했다. 세일을 못하면 사람이라도 충원하라는 회사의 지시를 받고 나를 부추겼다.

나에게 일주일만 교육을 받으면 좋겠다고 간절한 부탁과 교육비도 준다니, 지인에게 힘을 실어 주고자 거절을 하지 못하고 따라나섰다. 당시 나는 어린이집을 하려고 보육교사 공부를 하고, 원장자격을 취득한 후 어린이집 개원을 위해 장소를 이곳저곳 물색하던 중이었다.

간곡한 부탁이라 교육을 받으러 갔다. 교육받은 사람 중에서 활달한 나의 성격이 눈에 띄었던지, 지사장과 부장은 차기 지사장감이라고 나를 데리고 간 사람에게 나 같은 사람 한 사람만 더 데리고 오라고 칭찬을 했다. 덕분에 지인은 기를 펼 수가 있었고 이제는 해가 떠도 당당해졌다고 했다.

난생처음으로 해본 세일즈라는 직업인데도 두려움이 없었던 걸까? 용감했던 것일까? 교육을 4일 받고 5일째 마지막 날은 필드(판매현장) 교육을 위해 교육생 7명은 여자 부장님을 따라 나갔다.

"여러분 중에서 저 아기 엄마를 만나 주소하고 연락처 받으세요!" 아무도 못 가겠다고 머뭇거릴 때, "그럼 제가 갔다 올게요."라고 말했다.

그러자 동갑인 여자 부장님 왈, "영미 씨, 한 건 할 것 같은데요." 당당하게 뛰어가서 아기 엄마의 주소와 아기의 정보를 알아내어 왔다. 물론 교육의 필요성과 감동을 주어야만 엄마들이 연락처를 주는 것이다.

그날 용감하게 움직였던 나는 교육을 받고 첫날 필드에 나간, 서울과 경기 교육생 전체 일행 250명 중에 유일하게 유아용 도서 전집 한 세트를 계약했던 것이었다. 나를 용감하게 움직일 수 있게 했던 마음은 '이왕 할 바에 씩씩하게 열정적으로 해보자.' 그 마음이 첫 계약을 따낸 것이었다.

그때 회장님과 여러 교육생 및 많은 직원들에게 박수를 받고, "어떻게 첫날에 전집 세트를 판매할 수 있었냐?" 이곳저곳에서 대단하다고 부러워했던, 그 순간은 그냥 얻어진 것은 아니었다. 이왕 하는 일, 최선을 다 했던 것이다. 그 최선이 열정이었고 자신감이었다고 생각되었다. 그 열정의 대가가 세일즈의 묘미를 느끼게 했고 용기와 기쁨까지 선물로 받은 것이다.

난 책값이 얼마인지도 모르고 카드 할부를 어떻게 하는지도 모르고 계약만 성사시켜놓고 이후에 부장이 계산을 하고 뒷마무리를 해 주었다. 돈을 얼마를 벌었다는 기쁨도 있었지만 제일 힘들다는 세일즈를 첫날 가서 첫 계약을 이루었다는 자신감이 더 컸다.

오로지 교육에 관한 열정으로, 아기 엄마들에게 남다른 관심을 기울여 나의 교육 세일즈를 부각하였다. 이것이 내가 결혼 후 처음 사회생활에서 거둔 첫 성공이었다.

세일즈 직업에서 성공하기 위해서는 주저함 없어야 한다. 그때 나의 열정은 아기 엄마들을 아파트 주위에서 만나면, 모두 아파트 놀이터 모래밭에 앉혀 놓고 카탈로그를 펼쳐서 교육의 필요성과 나의 제품인 책을 설명했다. 그 열정으로 많은 계약을 성공시켜 영업점에서 목표 등수 내에 들어 단기일 내에 책임자가 되었고 해외여행 티켓을 선물로 받기도 했다.

'일에 대한 열정'은 처음 세일즈를 하는 나에게 많은 것을 가르쳐 주었다. 내가 힘든 상황에 있을 때는 쓰러지지 않도록 붙잡아주었고, 만약 쓰러지더라도 일어설 수 있다는 자신감을 심어주었으며, 또한 '하면 된다.'라는 정신을 일깨워주었다.

그 뜨거운 열정적인 정신은 삶에 기초가 되었으며, 사업의 기초가 되는 조그만 회사를 설립한 후 세일즈를 마감하고 회사로 돌아왔다.

그런 경력으로 가진 나에게 내 친구가 세일즈의 비법을 물어보면 나는, "열정을 가지고, 최선을 다해 고객을 감동시켜라."라고 조언을 해준다.

살다 보면 예상하지 못했던 일들이 닥치고 그 때문에 고통을 겪게 된다. 그럴 때, 사람들은, '힘들어서 죽겠다, 살고 싶지 않다.'라고 하며 실의에 차서 좌절한다. 나는 그들에게 '용기를 가지라.'고 말해주고 싶다. 죽을 각오로 하면 무엇을 못 하겠나? 나의 눈을 낮추고 내가 처한 자리에서 최선을 다해 열정적인 삶을 살 때 한 줄기 희망이 싹트면서 힘찬 발걸음으로 바뀌는 것이다.

어느 누가 알아주지 않아도 자신에게 부끄럽지 않은, '자신에게 최선을 다했다.'라고 당당히 외칠 수 있는 열정을 간직하라고 힘들어하는 그대에게 부탁드리고 싶다.

시간이 마냥 멈춰있는 것이 아니고, 오늘이 흘러 과거가 되고, 이 순간들이 모여서 자신에게 소중한 삶의 밑거름이 되는 게 아닐까!

어렵고 힘들지만, 우리 모두 활기차게 어깨를 펴고, 당당히 자신에게 '파이팅!'이라고 크게 외쳐봅시다. 자기 자신을 사랑할 수 있는 그대가 되기를 원하면서….

기다림과 도전

5층 사무실 옆 네다섯 평의 텃밭을 만들었다.

쉼터라 하기에는 부족하더라도 푸른 잎을 본다는 것은 싱그러운 아침을 만나는 것이다. 도심의 공장지대 회색 하늘 아래서 흙을 밟으니 풀잎이라도 곁에 있다면 신선한 느낌이 될 것 같았다. 어디서 씨앗이 날아온 것인지 몰라도 5월에 노란 유채밭으로 가득 채워져 선물로 내 곁에 다가와 주었다. 심지도 않았는데 봄의 소식을 전해주는 유채는 제주의 기분을 한껏 느끼게 해주었다

장마가 지나고 여름의 마지막 더위가 끝날 무렵 풀을 뽑고 텃밭에 배추씨를 뿌렸다. 일주일이 지나도 새싹이 올라오지 않는다. 묵혀둔 씨앗이라 그럴까 기다리는 배추는 나타나지 않고, 잡초만 무성하게 뒤덮었다. 어찌 그리도 잡초는 생명력이 강한지 며칠이 지나면 초록 풀밭으로 변한다. 2주째가 지난 후 옥상 텃밭을 보니 싹이 올라왔는데 잡초인지 배추인지 구분이 안 되었다. 씨앗을 뿌린 위치를 알고 있지만 그 곁에 비슷하게 올라온 풀들이 내 상식으로는 배추의 새싹인지 그냥 풀잎인지 구분할 수 없었다. 도심에서 자라나서 생활한 나로서는 구별이 되지 않는 새싹과 풀을 그냥 가만히 내버려 두기로 했다.

한 달이 지나자 배추의 모습이 나타나기 시작했다. 드디어 배추의 형태를 구별할 수가 있었다. 기다려주기로 한 선택이 옳았다. 지켜봐 주는 것만으로 배추는 고마움을 알았을 것이다. 기다림이란 하나의 완성체가 되도록 배려해주는 것이다. 지켜봐 주는 것에 고마워서 자기 직분을 다한다. 그저 묵묵히 지켜보고 격려의 눈빛만 보냈을 뿐인데 지금은 군데군데 푸른 잎을 싱싱하게 내뿜고 배추는 옥상의 터줏대감으로 자리 잡았다. 뒹굴어서 간 것인지 날아간 것인지 모르겠지만 심지도 않은 곳에서도 배추는 뿌리를 내리고 건강하게 자라고 있다.

기다림이란 절망 속에서도 희망을 찾을 수 있도록 배려해주는 선물이다. 자녀들에게도 진행이 더디면 재촉을 하거나 심한 간섭으로 포기하고 싶다는 마음을 주지 않았는지 뒤돌아보았다. 학업을 마친 두 자녀에게 물어보니 다행히도 공부로 잔소리하지 않고 기다려 주어서 스트레스는 안 받았다는 말에 가슴이 뿌듯했다. 그때 기다려 준 것에 보답하고 싶었다는 아들 딸 말에도 감사할 뿐이다.

자연에서 느끼는 바가 나의 마음에 다가왔다. 기다려 준다는 것은 상대방을 믿고 인정하여 시간을 주면서 일어서게 하는 것이 배추의 새싹이라면, 잡초의 근성으로 어려운 가운데서 일어서는 것은 도전이라는 생각이 든다. 잡초라고 뽑아도 또 어김없이 배추 옆에서 잡초의 푸른 풀잎으로 가득 채운다.

보도블록을 걷다 보면 놀라운 생명력에 감탄한다. 흙만 있으면 씨앗은 흙을 묻혀서 뒹굴어 비집고 살아나려고 애쓴다. 그런 풀들을 보면 강한 생명력이 놀랍다. 행인들에게 짓밟혀도 아랑곳하지 않고 새싹을 틔우고 살아나는 잡초들을 보면 나약한 우리에게 깨우침을 준다. 잡초들도 각자의 이름이 있겠지만 누가 알아주지 않아도 묵묵히 이름 없이 초록의 생명력만 전파하고 있으니 도전정신은 가히 칭찬할 만하다고 생각된다.

인간도 어려움이 닥쳐도 한계에 도전하는 강한 정신력이 있어야 살아남을 수가 있다고 생각된다. 나에게도 뜻하지 않은 병마가 찾아 왔다. 암은 절제술을 했다 하더라도 5년은 지나야 완치가 된다는 것을 알고 있었지만 그 세월을 기다리고 보낸다는 것은 사실은 무척 불안했다.

그러나 내 마음에 오기가 생겼고 어찌하든 5년을 보내야 마음이 안심된다면 내가 내 인생의 주인공인데 내가 도전해야겠다는 마음이 생겼다.

'이 땅에서 해야 할 일이 많은데 하나님이 필요하시면 이 땅에 둘 것이고, 이 땅에 필요 없으면 데려가시겠지.' 담대함으로 살아가리라 생각하니 마음이 편해졌다.

죽어도 공부를 하다가 죽으면 더 나을 수가 있을 것 같아 중학교 시절에 나는 대학원까지 졸업할 거라는 꿈이 생각이 났다. 부모님이 못 시켜준 공부를 나이가 있지만 내가 벌어서 공부해야지 마음먹고 야간 대학원 경영학과에 지원했다. 50대 초에 입학했으니 동기들보다 20살 이상 많은 경우도 있었으나 입학생 중 제일 연장자로서 최선을 다

했다. 대학원 졸업을 앞두고 모임에서 아파서 병마를 이기기 위해 공부하러 왔다는 걸 주위에서 알게 되었다. 마냥 슬픔에 잠길 수 없어서 박차고 도전장처럼 내밀은 대학원 공부는 내가 선택한 일 중에 정말 잘했던 일이었다.

삶에 있어서 망망대해에 떠다니는 것처럼 표류하지 못하고 불안하고 초조할 때가 많이 있다. 힘들 때는 자신을 가다듬고 또 다른 내일을 기다리면서 도전을 준비해야 하지 않을까 생각된다. 기다림은 또 다른 방법이고 도전은 내일의 희망이지 않을까 생각된다. 경제적으로 자금이 힘들었던 때는 로또를 한 달이면 몇 번씩 샀다. 일주일을 기대로 내일의 꿈과 로또가 당첨되면 그때는 어려움이 해결될 것 같은 희망을 품고 있으니 슬픔을 위로받을 수가 있었다. 남들이 보면 부족함이 없다고 생각해서 말을 할 수가 없었지만, 마음속에는 해결해야 할 숙제들이 너무 많았던 고비를 일주일의 기대감으로 살았다.

기다림이란 또 다른 희망이고 또 다른 도전의 시간을 위해 정비하는 것이다. 오늘이 힘들다고 포기하면 내일이 어찌 오겠는가. 그래서 오늘도 달려본다. 누가 뭐래도 나의 길을 묵묵히 가고 있다면 언제 가는 좋은 날이 오겠지. 추운 겨울이 끝나면 봄이 오듯이 내일이 나를 반겨주리라 믿는다.

단합

우리가 한마음이 된다는 것은 중요하다. 힘의 원천이 되어 어떠한 문제도 해결할 수가 있고, 서로 위로가 되어 어려움을 극복할 수 있다는 것만으로도 반쯤은 성공한 셈인 것 같다. 가정에서나 직장에서나 사회에서도 마음이 한 팀이 되어서 한곳을 바라보고 한마음으로 뭉쳐진다는 것은 대단한 일이다. 동일한 생각과 마음으로 잘하건 못하건 서로 원망도 없고 서로를 격려해 주어서 다음번에는 더 좋은 성적을 낼 수 있는 보이지 않은 힘의 원천이 되는 것이다.

아무리 좋아하는 연인이 사귈지라도 한쪽 사람만 좋아한다고 결실을 맺을 수가 없고 결혼에 골인 하는 게 없듯이, 어느 모임이나 조직에도 의견일치를 통해 이뤄내는 단합은 소중하고도 단단한 디딤돌이 되는 것임을 느낀다.

한 팀이 되어 뭉친다는 것은 개개인의 사사로운 약속이나 일정을 줄여서 조직원으로 힘을 보태야 가능하므로 단합된 모습을 보면 구성원들의 마음이 뭉쳐져 있다. 외부에서는 볼 때는 단체의 리드가 잘 이끌어 가는 걸로 인식하지만 구성원들의 마음이 건축의 주춧돌처럼 힘이 합해져서 일구어진 소중한 사랑과 정성의 결과이다.

단합 이야기가 나오면 대학원 다닐 때 MT 갔던 고마운 동기들이 생각난다. 대부분 직장에서는 팀장이나 임원, 회사대표로 MBA에 지원해서 입학했다. 나는 경영지원본부장으로서 명색이 경영학이라도 공부해야 하지 않을까 하여 지원했지만 내가 입학생 1기라는 걸 모르고 지원했다. 대학원 동기 중 여성 원우는 나 혼자였고 교수님 또한 모두가 남자였다.

우리 모임에서 나는 서열 3~4번째 되는 것 같았다. 처음 자신의 소개에도 나의 사투리는 그대로였고 여성이 혼자라는 게 부담스럽기도 했다. 입학 다음 날 교수님과 동기들의 첫 모임이 있었다. OT라는 짧은 시간 내에 구심점이 되는 대표가 정해지는 느낌이었다. 내 눈에는 내 앞에 있는 이분이 나이도 많아 보였고, 느낌에 회장감으로 보였는데 서로 자신을 소개하자 내가 본인보다 나이가 많은 걸 알고 누님으로 잘 모시겠다, 하더니 덩달아서 곁에 있는 원우들이 깍듯이 고개 숙여 인사하는 바람에 멀리 있는 원우들이 의아하게 생각하였다.

중후한 신사가 연륜이 있어 보여 회장감으로 보였는데 그날 교수님들과 함께 한 다음 날 원우들과 주임교수님의 간곡한 설득 끝에 내가 제1대 원우회장이 되었다.

나이 많은 야간대학원생이지만 4월의 봄바람을 쐬러 원우들과 함께 MT를 가기로 하였으나 원우들 모두가 바쁘고 해외 출장 등으로 인해서 MT 날짜 잡기가 쉽지가 않았다. 난 원우들께 한 명이라도 빠지지 말고 다 같이 갈 수 있는 날을 택해서 단합된 모습을 보여 주었으면 좋겠다고 했다. 1기로써 우리가 잘해야 후배들에게 귀감이 될 것이라고 생각되었다. 모두의 의견을 수립하여 MT를 1박 2일로 계획하고 떠나기로 했다.

처음 기수이니 학우보다 과목별 교수님과 학교관계자가 더 많이 계셨는데, 해외 출장 간 원우들이 있어 걱정되었다.

한 사람도 빠짐이 없어야 하는데 출발하던 날, 약속 장소 양평으로 가는 중에 비가 오고 날씨가 어두웠다. 원우들이 늦게라도 MT 장소에 오려면 찾아오기도 힘들 것 같아 내심 걱정이 되었다. 걱정과 달리 약속한 날 놀라운 것은 말레이시아 출장자와 베트남 출장 간 동문이 MT를 위해 귀국을 했다. 인천공항에 내려 여행용 가방을 들고 택시로 대절하여 양평으로 온다는 것은 대단한 성의가 아니고는 할 수가 없었다. 단합으로 힘을 보태는 그들이 있어서 그저 감동하고 행복했다.

심지어 백부님이 돌아가셨는데도 이 자리에 참석하고 내일 가보겠다고 하는 동문의 정성으로 회장인 나의 기를 살려주었고, 단합된 모습에서 교수님들께서도 듬직해 하시면서 칭찬 세례를 해주셨다.

우리 동기들이 잘 따라주었는데 인사는 그 모임의 리드가 받았다. 늦게라도 교수님들께서도 모두 100%로 참석하시어 출발하는 MBA 원우들을 축하해주고 격려해주었다.

무엇이든지 확실히 하고 싶은 나의 열정에 화합으로 힘을 모아준 동기들에게 이렇게라도 감사를 드린다. 지금도 공식에서는 회장이고, 개인으로는 변함없이 누님이라고 따르고 명절이나 연말연시가 되면 안부를 전해주는 그들이 있어 행복하다.

지금은 코로나로 힘들지만 예전에는 직장에서 단체로 야유회나 산행을 했다. 버스를 대절하여 완주 대둔산 주차장에서 부천사업장과 구미사업장 식구들이 모이기로 했다. 70여 명이 함께 산행이 시작되었다. 그들 중에 산행이 힘들어서 가다가 몇 명씩 탈락자가 나오기 시작했다.

높은 곳으로 갈수록 더 녹초가 되는 바람에 동행자들 중에서 패잔병처럼 더 이상 올라갈 수가 없다고 중간탈락자가 20여 명이 나왔다. 나는 운동 신경이 안 좋은데다가 산을 거의 다녀본 적이 없는 그야말로 산행초보자로 올라가는데 숨이 막혀 고통스러웠다.

나는 올라가지 못하는 직원들과 중간에서 잠깐 쉬었다. 쉬고 있으면 앞서간 이들이 이 길로 내려올 것이니 편히 쉴까 고민을 했지만, 책임자인 내가 모범이 되어야 하는데 이렇게 탈락하면 안 될 것 같았다. 흔들리는 마음을 잡고 열심히 도전하고 가리라 다시 일어서서 산행을 계속했다. 뒤떨어져서 가는 내 주위에는 우리 직원들도 보이지가 않았다.

그러나 가야 한다는 일념 하나로 출렁다리를 건너서 산을 올라가는데 처음 산행이라 힘들어서 헉헉거리면서 비탈진 곳은 도전정신으로 기어서 갔다. 단체에서 단합하는 마음가짐은 꼭 필요하기 때문에 늦더라도 기필코 정상을 밟고 오리라는 집념으로 포기하지 않고 올라가서 깃대를 꽂았다.

다들 내가 안 오는 줄 알았지만 끝까지 기어서라도 올라간 도전정신에 나 자신이 대견했다. 나는 힘들 때마다 그 순간을 기억하면서 다시 일어서곤 한다.

인생을 살다 보면 험악한 산을 넘어가듯이 힘든 순간이 닥쳐올 때 포기하고 어려움에 굴복하면 일어서기가 더 힘들어진다. 힘들지만 일어서야 하고, 넘어야 할 산이라면 험악한 산일지라도 묵묵히 기어서라도 올라가야 하지 않을까 생각되었다.

한 발짝 움직이는 게 쉽지가 않아 고통스럽더라도 포기하지 않는다면 늦더라도 정상에 올라갈 수 있고 정상에서 넓은 세상을 내 가슴에 품을 수 있다.

목표를 가지고 올라가다 보면 하나씩 성취감으로 이룰 수 있는 희망이 생긴다. 조직에서도 단합을 통해 포기하지 않고 달려가면 더 좋은 성과를 얻을 수 있다. 힘들다고 할 때 다른 사람들도 힘들지만 길을 가고 있다. 우리는 순간의 기회를 잃지 않도록 단합의 도전정신으로 힘을 모아서 헤쳐 나가야 하리라 다짐해본다.

폭풍우 속의 축구화

약속은 지킬 수 있는 것만 해야 한다. 하찮은 약속이라 생각할지라도 소홀히 해서는 안 된다. 약속을 지키기 위해서는 말에 책임을 질 줄 알아야 한다. 기본적인 작은 약속이라도 지켜야 상대방에게 신뢰를 얻게 된다. 흘러가는 인사라도 본인이 급할 때는, 이번일 정리하고 다음에 밥 같이 먹자고 하면서 부탁을 하고서는 한 번도 밥을 산 적이 없다고 하면, 그 사람을 정확한 사람이라고 보겠는가? 급한 일을 모면하기 위해 이용해 먹는다는 생각으로 신뢰를 포기한 사람이라고 여겨진다.

어쩌다 알게 된 업체 사장님의 안타까운 사연도 작은 약속에 의해서 비롯되었다. 그 사장님은 몇 번씩 입으로는 약속을 했으나 실천이 없었으며 적은 금액이지만 연체도 잠깐 있었던 것 같았다. 은행직원에게 급할 때마다 요청하여 급한 불을 끄고 그때마다 식사하자고 약속을 했다고 한다.

잠시 점심 한 그릇 먹을 약속도 못 지키는데 대출을 해주어서는 안 되겠다는 판단했는지 추가 대출 진행도 안 해주지만, 이미 대출한 자금도 다른 명목으로 회수해서 결국에 업체가 자금이 꼬여 부도였는지 몰라도 폐업할 수밖에 없게 되었던 것 같다. 그 업체는 2개 은행에서 동시에 거절당하고 거래를 중지할 수밖에 없는 이유는 대출이자도 제때 못 내어 연체하고, 자료를 요청해도 제출 대신 변명을 하다 보니 은행 쪽에서 그렇게 판단할 수밖에 없었던 것 같았다. 작은 약속은 기본이고 신뢰의 문제가 된다. 구두 약속이라 해도 지킬 수 있는 약속만 해야 하고 약속을 했으면 반드시 지켜야 한다는 게 어디에서나 중요하다.

난 회사 자금 총괄 책임자로 은행 담당 직원과 한 약속은 정확히 지켜야 한다는 것을 철칙으로 삼는다. 은행 창구에서 하는 미팅일지라도 5분이라도 늦으면 먼저 연락을 한다. 몇 분 늦을 것 같다고, 몇 분 빨리 가는 것은 문제가 아니지만 늦게 가는 것은 상대방을 불안하게 만드는 요소가 된다. 그래서 나를 보고 정확한 업체의 책임자라는 것도 알지만 성격이 급하다는 걸 알고 있으니 은행 대출업무도 시원하게 해결해 준다.

관공서 대출도 마찬가지였다. 처음 사업을 시작했을 때 보증기금에 대출보증서 1억 미만을 사장님과 상담하러 갔다. 처음으로 대출을 신청하니 아무 근거가 없어서 처음부터 끝까지 세밀하게 자료를 요청하니, 법인과 대표이사의 개인을 포함해서 서류가 30가지 이상이었다. 필요로 요청하는 서류를 표기하여 다음 날 팩스로 오전 10시경에 들어왔다.

성격이 급한 나는 일을 미루고는 괴로워서 정신없이 경리 책임자에게 서류를 준비하라고 말하고 대표이사의 개인서류는 내가 급히 준비했다. 여직원이 입사한 지 얼마 안 되어 팩스를 받자마자 서류를 제출

한다고 하니 이해가 되지 않았을 것 같지만 나는 밀어붙이기와 급한 성격에 순식간에 자료를 다 챙겼다. 두 가지 못 챙긴 것은 다음날 보내주겠다 하고서는 그날 오후 4시경에 서류를 가져가니 보증기금 담당자와 책임자가 놀라면서 서류를 어떻게 이렇게 빨리 가져올 수 있냐고 신기하다고 했다. 한 달 전에 보증서 발급해달라고 맡긴 업체가 아직도 서류가 들어오지 않는다고 순서를 바꾸어서 며칠 만에 대출을 해주었다.

그때 좋은 인상으로 작용했는지 '자금이 필요하면 말씀하시면 도와드리겠다.'라고 한다. 커가는 회사이니 자금이 필요할 것 같다 하여 생각지도 않은 자금을 2000년도 초에 20억 원을 보증서를 해주었다. 조건은 남편이 연대보증을 하고 자금을 총괄하는 나에게는 자금 관리를 잘해서 실수 없도록 잘 부탁 한다고 했다. 그 당시에는 2천만 원 빌리는 것도 어려워서 사업하시는 분들이 힘들어했다. 거금을 대출 보증을 해주었으니 물 만난 물고기처럼 모든 것이 풍족한 느낌이었다. 사업 초기에 단단한 자금으로 기업을 세우는 주춧돌이 되었다. 그분들이 너무나 고마웠다. 급하고 정확한 성격을 믿어 주시고 큰 금액의 보증서를 보름 안에 해주었으니 정말 감사하고 대단했다.

보증으로 기업의 꿈을 펼쳐주심에 감사하여 국화꽃을 몇 다발 사 와서 꽃바구니로 직접 2개 만들고 시집을 2권 사서 고마운 마음을 전했다. 작은 인사에 시인이 된 것 같다고 좋아하시는 두 분은 세월이 지나도 기억해주고 계셨다. 몇 년 후 보증금을 정리하고 세월이 흘러도 그분들을 제가 기억하고 있다고 전화를 하니, 그분들도 20여 년이 지나도 잊을 수 없다고 한다.

우리 개인 사업장에 경상도 지방에서 제품 발주가 왔다. 갑작스러운 오더 발주지만 직원들이 날짜를 맞출 수 있을 것 같아서 납품 약속을 했다. 하지만, 직원은 수작업이 공정이 있어서 약속을 어겨야 하고 어쩔 수 없이 며칠 늦게 보낼 수밖에 없다고 보고한다. 직원이 말하기를 제품은 나와 있지만 수작업은 '신(神)이 아니면 오늘 밤에 다 못 한다.'라고 했다. 오늘 밤에 작업이 마쳐지면 내일 아침에 도금을 하여, 버스터미널로 제품을 지방으로 보낼 수 있기에 내일은 불가능하다고 했다.

나는 신이 아니기에 오기가 생겨서 직원에게 말했다. 내가 밤을 새워서 작업 할테니 집에 갖다 달라고. 그 당시에 우리 집이 상가 3층에 있었고, 2층에는 다른 회사가 있었으나 이미 직원들이 퇴근하고 없었기에 밤새도록 엑기생을 돌려 수작업을 했다. 신이 아니면 못한다는 말에 도전하기로 했기 때문이다. 그보다 더 중요한 것은 기업의 이미지가 달려 있었다.

20킬로 쌀 포대 크기의 포대에 몇천 개의 수작업 할 물품이 들어있었다. 나는 약속을 지키기 위해 1분도 안자고 아침까지 밤을 새워 작업을 완벽하게 마무리했다. 이후 직원의 부정적인 단어는 사라지고 긍정적인 사고로 바뀌었다. 납품 날짜를 정확하게 맞추었다.

직원이 말을 했지만 책임은 개인이 아니라 회사 사업장이기에, 신뢰를 잃어버리면 안 된다는 의지였다. 신(神)이 아니라도 할 수 있다는 마음먹기에 따라 할 수 있다. 포기한다면 아무것에도 도전할 수가 없고 신뢰도 지킬 수가 없다. 다행히 그 업체에서도 고마워하고 계속 발주가 왔다.

가정에서도 자녀들과 한 약속을 잘 지켜야만 부모의 말에 위신이 선다. 아들이 어린 시절 축구를 좋아했다. 초등학교 5학년 때 아들에게 축구화를 사러가자고 약속을 했으나, 계속 회사에서 늦게 퇴근하다 보니 신발 가게가 문을 닫아서 2번이나 약속을 어길 수밖에 없었다. 마지막 세 번째 약속! 이틀 뒤 무슨 일이 있더라도 아들과 함께 축구화를 사러 가자고 이번 약속은 꼭 지키겠다고 다짐을 했다.

이틀 뒤가 되었고 약속한 날 태풍으로 간판이 떨어져 행인 2명이 죽고 가로수가 뽑히고 전국이 태풍과 비바람이 몰아쳤다. 뉴스에서는 온통 태풍 이야기만 실황을 보내고, 비바람이 세차게 몰아치니 돌풍으로 정전이 일어나고 가로수가 뽑히고 간판이 떨어져서 다칠 수 있으니 나가지 말라는 뉴스 속보였다.

그래도 약속은 약속이라 일찍 집에 왔으니 아들에게 축구화 사러 가자고 했다. 아들이 사러 가지 말자고 하지 않은 이상, 엄마가 약속을 깰 수 없었기에 내심 걱정이 되었지만 버스를 타고 대형쇼핑몰에 갔다. 5층까지 넓은 매장에 직원 몇 명만 남고 물건 사러 온 사람은 유일하게 아들과 나 두 사람뿐이었다. 이런 난리에 축구화를 사려가니 매장 직원이 "축구선수인가 보네요." 직원이 신발을 신겨주면서 물었다. 축구를 좋아한 아들에게 약속을 지키려고 왔다고 말을 할 수가 없었다.

초등학생일지라도 아이들이 훗날 기억하는 엄마는 약속을 잘 지키는 엄마로 남고 싶었기 때문이었다.

아들은 몇 개월 후 축구부 선수는 아니지만, 초등학교 전체 시도별 축구 시합이 있어 선수로 뛰게 되었다. 아들이 다니는 초등학교에서 좋은 성적을 거두었다. 아들은 많은 세월이 흘러도 잊을 수가 없다고 한다. 비바람 몰아치는데도 약속으로 축구화 사러 가던 그날 엄마와의 추억이 고스란히 남아 있다. 폭풍우 속에서 지킨 약속으로 엄마에 대한 아들의 신뢰는 확실하다.

약속은 그 사람에 대한 인격이자 믿음과 신뢰이므로 작은 약속일지라도 잘 지켜 삶의 주춧돌이 될 수 있다는 마음을 가져야 할 것 같다.

2부
선택

선택이 준 선물

인간의 삶 자체는 선택의 연속이다. 무엇을 선택했나에 따라서 운명이 달라지고 생사의 갈림길이 되기도 한다.

여름휴가를 어떡하면 소중한 시간을 유익하게 잘 보낼 수 있을까 고민했다. 먼저 창원 병원에 입원해 계신 친정엄마를 위해 3일 밤낮을 간호하고, 창녕 시댁에 다녀왔다. 파출부를 불러 새 아파트를 대청소하고 나니 소중한 마지막 하루가 남았다.

눈썹 문신을 하면 화장하는데 수월하고 땀 흘리는 여름에는 너무 좋다는 말을 듣고 나는 눈썹 문신 상담 후 휴가 마지막 날 문신하기로 했다. 그런데 친한 지인이 미용보다 더 중요한 건 건강이라고 건강검진을 먼저 해야 한다고 강력히 추천했다. 위내시경을 해야 하는데, 도저히 엄두가 나지 않아 망설였다. 위 용종 제거를 한 지도 5년이 다 되어 가는지라 걱정은 되었다. 선택해야 하는데 무얼 할까, 외모를 택할 것인가 건강을 선택할 것인가 고민되었다. 시간상 하나만 선택해야 했다.

속이 답답하다거나 소화가 잘 안 된다거나 전혀 아무런 증상도 없이 너무나 건강하니까 위내시경을 해야 할 필요성을 못 느꼈다. 정말 위내시경은 하기 싫었다.

망설이다가 건강을 택했다. 지인이 검사를 수월하게 받았다는 동네 병원에 새벽에 접수를 해주어서 건강검진 몇 가지를 하고 위내시경을 받고 집으로 왔다. 아무 증상이 없었으니 괜찮겠지 마음으로 결과를 좋게 생각했다.

1주일 후 검사한 의사 선생님으로부터 전화가 왔다. 놀라지 말고 내일 보호자 분과 함께 병원에 꼭 오라는 말씀을 들었다. 다음 날 아침 의사 선생님을 만나러 병원을 향해 집을 나섰는데 불안해서 견딜 수가 없었다. 무슨 소리를 하시려고 그럴까, 고민 중 내 차례가 왔다.

"위암입니다."

"빨리 수술을 하지 않으면 위험할 수 있습니다. 몇 개월 후는 손을 쓸 수가 없습니다."

아니 무슨 청천벽력 같은 소리인가! 내가 얼마나 씩씩하고 건강히 지냈는데! 몇 년 동안 약 한 알도 안 먹고 잘 살았는데!

믿을 수가 없어 또 묻고 물었다. 49번째 생일날 아침에 위암이라니 기가 막혔다. 병원을 나서는데 설마 그럴 리야 생각하면서도 불안감이 밀려왔다.

몇 개월 만에 팍 퍼지는 암이라 여름이 지나서 발견했더라면 손을 못 쓴다니! 서울의 큰 대학 병원에 문의 후 진료를 받으니 위내시경을 다시 해야 하는데 2달 후에나 가능하고 수술을 하려면 지금부터 5개월은 지나야 가능하다니, 난 어쩌란 말인가?

비상소집으로 지방의 남동생들과 올케가 서울로 와서 의견을 나누었다. 나는 생사의 갈림길에 서서 시간 다툼의 선택을 해야 했다. '서울 소재 대학 병원을 갈 것인가?' '아니면 지방의 중형병원을 선택 할 것인가?'

우왕좌왕하는 가운데 시간이 지나면 안 되니 서울에서 살고 있으면서도 인근 지역 종합 병원을 택했다. 전문적으로 위절제술을 많이 하신 의사 선생님께 진료 상담을 했는데 그곳에서도 선택을 요구했다.

'위암 초기이지만 부위가 안 좋아서 재발 방지를 위해 위 전체 75%를 잘라내든지, 암이 위 점막층에 있으면 긁어낼 수 있지만, 위 점막하층까지 갔다면 긁어내어도 장담은 못 하고 다시 수술해야 합니다. 지금 볼 때 확률이 50%입니다. 어느 수술 방법을 택할 것인지 결정하세요.'라고 했다.

순간 눈물이 확 쏟아질 것 같았지만 참았다.

"의사 선생님 위가 없으면 어떻게 사나요?"

"그래도 다 사는 방법이 있어요."

순간 정적이 흐르고 남편은 어쩔 줄을 몰라 했다.

한참 후 나는, "의사 선생님, 내시경으로 하는 절제술을 선택할래요."라고 말했다. 위험률 50%를 안고 절제술을 선택했다. 상황이 안 좋으면 다시 수술할 각오를 했다.

입원할 시간이 다가올수록 상황이 안 좋고 전신마취에서 깨어나지 않으면 어떡하나, 아직도 할 일이 많은데 하면서 걱정을 했다.

고3 수험생 우리 딸 불쌍해서 어떡해, 대학입학이라도 시켜 놓았으면 좋았을 텐데, 군대 간 이등병 아들이 제대라도 했으면 좋았을 텐데, 삶에 안타까움이 굽이굽이 애환으로 묻혀서 나왔다.

수술하기 전에 해야 할 일이 너무 많았다. 남편에게는 통장관리부터 사업장과 은행에 관련된 대출금과 이자에 관련된 자료를 만들어주면서 신용관리를 잘해야 한다고 일러 주었다.

그때 떠오르는 말이 이순신 장군의 어록이었다.

'나의 죽음을 적에게 알리지 말라.'

사업체를 해외에 벌려놓고 자금총괄담당자가 사라지면 기업도 리스크가 클 것 같았다. 나의 죽음을 생각하기 전에 못다 한 숙제가 걱정되어, 그 점이 더 안타까워서 이순신 장군의 마음이 이해되었다. 이순신 장군은 나라를 지켜야하는 큰 임무를 부여 받았지만, 나는 가정을 지키고 기업을 지키는 임무를 다해야 했다. 내 아픔보다는 내 임무를 수행하지 못할 것이 두려워서 더 슬펐다.

수능 날짜가 얼마 남지 않은 딸에게는 혹시 엄마가 없어도 밥은 잘 챙겨 먹어야 한다고 신용카드에 예금인출을 찾을 수 있도록 몇 백만 원을 넣어 주었다. 엄마의 빈자리를 채워주고 싶었기 때문이다. 일주일 동안에 종합 건강 검진을 받기 위해 병원에 입원한다는 이야기를 했다. 그리고 엄마가 지니고 있던 패물은 어느 곳에 두었다고 알려주었더니 이상하게 생각하는 것 같았다.

"건강검진 받으러 간다며, 왜 그런 것까지 알려 주시는 데요?"

"혹시, 도둑이 올까봐 그래. 그러니 잘 챙겨 보라고. 건강도 잘 챙기고."

딸에게는 신신당부를 했다. 내가 가진 패물이 딸에게는 엄마의 징표가 될 수도 있다는 생각이 들었었다.

12년 동안 근무하면서 내 주변과 책상을 이렇게 정리하기는 처음이었다.

옆에 있는 직원이,

"며칠 후 다시 오실 것인데 왜 이렇게 철저하게 정리하십니까?"

직원의 말에 대답하지 않았다. 마음속으로만 다시 이 자리에 돌아올 수 없을 때를 대비하는 거라고 속마음으로만 대답을 하고 겉으로는 태연스럽게 "그냥."이라고 말했다.

전신마취에서 못 깨어나거나 상태가 안 좋으면 수술해야 하니, 남아 있는 그들을 위해 철저하게 정리해주며, 나를 위해 슬퍼할 그들을 위해 신경을 쓴 것이다.

몇 년 전부터 마음으로 나은 자식을 에티오피아에 두고 있어, 이번에 그 아이에게 고등학교까지 졸업시키는데 월 생활비를 올려서 송금 보내라고 국제어린이양육기구 컴패션에 부탁했다. 혹시 모를 나의 삶을 생각해서, 아이의 10년 후까지 송금 계획과 크리스마스 선물비를 전달해 달라고 요청하고 나니 마음이 편안해졌다. 조금이라도 도움이 되고 싶었다.

아들이 급히 휴가를 왔다. 같이 식사를 하면서, "아들이 있어 엄마는 그동안 행복했다."라는 말이 나도 모르게 튀어나왔다.

"괜찮겠죠?" 물어보는 아들의 말에 목이 메어 말이 나오지 않았다. 엄마 얼굴만 보고 부대로 돌아가야 하는 아들에게 미안했다. 엄마의 상황을 아들에게는 알려야 혹시 무슨 일이 있더라도 원망 안 듣는다고 남동생들이 부대에 당일 휴가를 의뢰했던 것이었다.

겉으로는 태연한 척 생활해도 마음 한구석에는 죽음에 대비하는 나의 마음을 숨길 수가 없었다.

'이것이 인생이란 말인가?'

마음에 내 삶의 흔적이 사라지는 것 같았다. 하나님께 부르짖었다. 아직 젊으니 위내시경으로 암을 제거해주시고, 저의 몸에 칼이 들어오는 것을 막아주셔서 위를 잘라내지 않도록 제발 살려 주세요. 아직 할 일이 많이 남았다고 외치고 또 외치며 부르짖었다.

수술하기 위해 잔뜩 긴장하고 응급실로 입원해서 의사 선생님을 만났다. 환자복을 입고 링거를 꽂고 누웠다. 의사 선생님이 들어오셨다.

"내일은 수면으로 위내시경 절제술 할 겁니다." 선생님의 말씀에 너무 기분이 좋았다. 전신마취에 힘이 빠졌는데, 정말 감사했다. 다음날 절제술 시간이 생각보다 5배 이상 시간이 소요되자, 수술 밖의 대기실에 남편은 소중한 아내를 떠나보내는 불안한 마음과 안타까움으로 초조했다고 하니 이보다 더 애틋할 수 있으랴!

퇴원 후 절제술 점막 하층 조직 검사의 결과를 보러 가는 날, 초가을의 푸른 하늘을 쳐다보니 청아한 기운은 나를 비춰 주는데, 내 마음은 재판장에게 선고받으러 가는 기분이었다.

"천만다행입니다. 점막하층에는 아무 이상 없습니다." 의사 선생님이 말했다.

오, 하나님 감사합니다. 소중한 선택으로 암을 초기에 발견하고 위 전체를 잘라야 하는 선택의 갈림길에서 위 전체를 보호받을 수 있어서 정말 감사합니다.

순간의 선택이 인간의 삶과 죽음을 좌우하는 출발점에서 내 생(生)의 제2의 서막을 선물 받았으니 아름다운 마음으로 최선을 다해 살리라 다짐했다.

사랑이란! 자기가 있어야 할 곳에서 자리를 지키고 있는 것 자체만으로도 자식에 대한 부모의 최고의 사랑이며, 부모님께는 자식으로서 최고의 효도인 것 같다.

아무 증상이 없었지만 몇 개월 후에는 손을 쓸 수 없었다 하니, 언니처럼 곁에서 챙겨주시는 생명의 은인이 되시는 목사님의 사모님, 감사합니다.

죽음의 문턱에서 49번째 생일은 암담한 날이기도 했지만, 그날 다시 태어났으니 많은 사람에게 향기와 아름다움을 전해주는 가치 있는 삶을 살아야 할 것 같다.

30센티미터 삼각 마루

살아가면서 우리는 많은 우여곡절을 넘긴다. 한 장의 책장을 넘기고 나면, 또 다른 일이 자신을 힘들게 한다. 오늘은 슬픔으로 한 장을 넘기고, 내일은 희망을 꿈꾸며 한 페이지를 채울 준비를 한다. 언제나 걱정근심이 떠날 날이 없다.

속담에 '천석꾼은 천 가지 걱정, 만석꾼은 만 가지 걱정'이라더니 벌려놓은 일이 많다 보니 날마다 근심이 나를 동동 싸매고 있다. 벗어나고 싶다고 해도 여건과 환경이 변화하지 않은 한 그대로이고, 책임감은 나를 괴롭게 하고, 널브러진 일을 수습하고 해결해야 한다는 마음으로 살아간다.

과연 행복해지고 싶다면 어떤 마음으로 살아야 할까?

나름대로 분석과 연구를 해보았다. 돈이라는 재물을 많이 소유한다고 행복한 것도 아니요, 명예가 높다고 행복이 따라 주는 것도 아니다. 모든 것이 내 마음먹기에 따라 다르다는 것이다.

건강한 정신에 건강한 육체를 기본으로 갖추었다고 생각한다면 우리는 행복하다고 생각해야 한다. 그러나 요즈음 정신과 육체가 건강하다고 해도 우리는 늘 부족하다고 생각하면서 잘난 부모 밑에 태어난 그들을 부러워하고, 자신의 처지에 괴로워하면서 흥청망청 자신을 마구 대하고 살아가는 이들도 있다. 마음가짐이 문제인데 환경을 먼저 탓하고 인생을 허비하는 그 마음에서 탈출하고 감사의 마음을 가져야 한다고 전하고 싶다.

나의 삶을 돌아보니 물질로 보면 지금은 부러운 것이 없는데 감사함과 고마움은 사라진 지가 오래다. 가진 것 없이 결혼으로 출발선에 섰지만, 지금은 많은 사람에게 일자리를 주는 중소기업을 하고 있으나, 감사함은 많은 걸 가지기 전보다, 불평이 더 많은 나를 반성하게 된다.

결혼한 뒤 몇 년 후 부천으로 급히 이사를 왔다. 살던 새 빌라는 남에게 전세를 주고, 조금만 더 보증금을 걸면 좋은 전셋집을 살 수 있었는데, 빚을 내는 게 싫어서 돈에 맞추어서 이사 갔다. 보일러도 주인이 켜주어야 방을 따뜻하게 할 수 있는, 남에게 빌려주면 안 되는 전셋집에서 살다 보니 불편함을 이루 말할 수가 없었다.

결혼과 동시에 엄마의 지혜와 도움으로 바로 내 이름으로 아파트를 한 채 샀고, 경기도로 이사를 오면서 남편의 이름으로 대출을 받아 빌라를 한 채 샀다. 내 나이 30세에 집은 2채였으니, 더 이상 대출하지 않고 빌려주겠다는 돈도 거절했다. 둘째 아이 출산이 임박해서 가진 돈 범위에서 전세를 계약하고 고향에 내려가서 둘째를 낳고 돌아왔는데 그때부터 고생 줄에 들어섰다.

방 두 칸에, 부엌에서 세수해야 하고, 화장실도 밖에 있는 그런 집에서 애들을 키우니 얼마나 힘들었는데, '저 언니는 부자 언니'라고 비슷한 집들의 이웃 유치원 자모 동생이 격려해주어 어울려 살았다.

아침에 자고 일어나 제일 먼저 밤에 바퀴벌레약을 펼쳐놓은 곳을 보면, 어디서 수많은 바퀴벌레가 나와서 붙어 있었다. 아침마다 끔찍한 광경을 보고 살았다.

그 집에서 탈출하고 싶어서 이사 가려고 했지만, 이사 들어올 사람이 없고, 전세금을 못 받게 되어서 억지로 버티고 살았다. 뜨거운 물을 쓰고 싶어도 주인이 보일러를 켜주지 않는다면, 뜨거운 물 한 방울도 쓸 수가 없었다. 애기들이 목욕을 하려고 해도 가스레인지에 몇 번씩 물을 데워서 해야 하니, 뜨거운 물이 나오는 집에 놀러 가면, 머리 좀 감고 기면 안 되겠냐고 부탁해서 머리를 몇 번 감고 오기도 했다.

큰방과 작은방을 건너가려고 해도 신발을 신고 부엌을 지나야만 했다. 불편해서 차라리 작은방을 가지 않는 게 최고의 방법이었다. 너무나 불편한 집에서 육아를 하기란 짜증나고 힘들어서 30년이 지나도 기억을 지울 수가 없다.

애들이 화장실을 가야 하는데 골목을 나가 동양식 변기다 보니 힘들어, 유아용 변기를 사용했으니 꼬마이지만 자존심이 많이 상해서 울기도 했다. 더운 여름날 화장실에 수도꼭지가 있으니, 반투명 시트지를 바른 화장실에서 샤워하면 실루엣이 밖으로 비쳤고, 갈아입을 옷이 변기에 빠져서 난감하기도 했다. 화장실과 욕실이 집 안에 있는 집은, 그 시절에 내 눈에는 갑부로 보였다.

육아에 가장 힘든 시기를 최악의 조건에서 견뎌내었다.

그 집에서 일 년을 살았을까. 어느 날 남편이 큰방과 작은방을 건너갈 수 있도록 30센티 삼각자 마루를 만들어 주었다. 신발을 안 신고 큰방과 작은방이 연결되어 다닐 수 있어서 감격할 만큼 너무나 감사하고 행복해서 날아갈 만한 기분이었다. 몇천 원도 안 들고 신발 한 짝 올려놓을 만한 작은 마루로 너무나 편리해서 얼마나 기뻐했는지 모른다. 한 뼘의 마루가 주는 기쁨을 이루 말할 수 없었다.

지방에서 이사 온 이후 그날이 정말 행복했던 날이었다. 아이들은 큰방 작은방으로 뛰놀고 다니는 그 모습이 젊은 부모인 우리 자신이 뿌듯했다. 장난감을 사 준 것보다 더 좋아하고 까르르 웃는 모습에서, 최고의 행복감을 느꼈다. 이 작은 것에 감사하고 어느 것과 비교해도 뒤지지 않는 최고의 행복이었다. 지금은 현관이 두 개이고 베란다에는 방을 한 칸 넣을 수 있는 만큼 넓은 평수에 살고 있지만 감사는 메말랐다. 식탁에 앉아 밖을 내다보면 바로 앞에 자연풍광이 펼쳐져 있어, 멋스러움과 배경이 있는 레스토랑에서 날마다 식사를 하는 느낌이다.

아들은 어릴 때부터 청소년 시절까지 넓은 집에 대한 부러움과 미련이 남아, 침실과 서재의 방을 따로 구분하여 본인만의 자유로운 공간을 소유하니 감사의 눈물이 나온다고 하니, 감사함이 행복을 풍성하게 만들어주는 것이다. 나의 감사의 크기를 보면 집은 몇 배 이상으로 커졌지만 힘든 그때 30센티미터 마루에 더 감동하며 감사했던 마음이 크다.

'내 마음 가짐이 행복의 첫걸음이다.'라는 생각이 든다.

일에 대한 열정도 마찬가지인 것 같다. 작은 일에 충성하면 큰일도 잘 해낼 수 있다. 일할 수 있음에 감사해야 하는데 그렇게 살지를 못했다. 단지 의무감에 내가 펼친 일을 수습한다는 마음으로 살았다.

'일할 곳이 있다는 게 감사하다.'라는 친구의 말이 귀에 맴돈다. 최저 시급을 받아도 나이도 많은 자신을 아르바이트를 써준다고 하니 감사할 뿐이라고 한다. 남편은 대학교수이지만, 자신은 옷가게 종업원으로서 최선을 다하는 모습에서 일에 대한 소중함을 일깨워 준다. 일을 그만두고 싶다가도 인생을 허비하지 말자고 외치는 친구의 얼굴이 거울에 비치는 것처럼 다가와 지친 나를 일으켜 세워준다.

열심히 살면서 긍정적인 마인드를 전파하는 그녀의 모습 덕분에, 나의 마음에 갈등과 게으름이 피어오르다가도 그녀를 떠올리면 그런 감정이 스르르 가라앉는다. 나에게 주어진 임무는 기업이 잘 돌아갈 수 있도록 달리고 또 달려야 한다. 많은 직원의 일자리를 지켜주기 위해서라도 뛰어야 하고 업무에 최선을 다해야 한다. 녹록지 않은 여건이 힘들게 하고 있다.

20년을 달려온 나의 일, 앞으로 10년은 더 달릴 수 있는 에너지와 열정이 나를 불태운다. 나의 감사는 행복을 일으키는 불씨가 됨을 오늘도 나 자신에게 외친다. 힘내자, 달리자, 감사하자!

힘든 고난에서도 견디고 참고 열심히 달려간다면 기쁨의 날이 찾아오리라 믿는다.

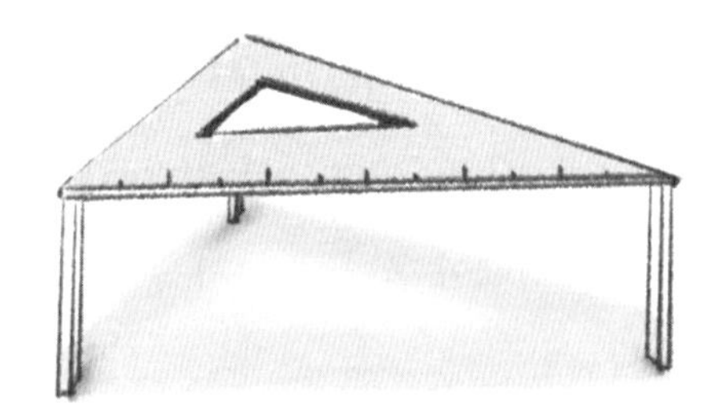

나는 어디에 설까

가을 하늘이 청아한 음료처럼 가슴을 탁 틔워준다.

여름내 후끈하던 날씨는 뒤따라온 가을 날씨의 쌀쌀함에 못 이겨 물러난다. 그토록 목청 높여 울부짖던 매미의 구애도 계절의 변화에 무릎 꿇고 귀뚜라미에게 자리를 내주고 세상을 떠났다.

오랜만에 친구처럼 지내는 동생과 기대에 부푼 관광 여행을 가게 되었다. 서울에서 변산반도와 채석강까지 여행 코스였다.

어디를 가나 인간의 생리적인 현상 앞에는 어쩔 수 없었다. 도중에 한번은 화장실에 들렀다가 가야 하는데 새만금에서 볼일을 보고 가자고 하여 단체가 탄 버스를 세워 주었다. 소요시간은 20분을 주었다.

어느 휴게소도 마찬가지이지만 여자들이 서 있는 줄은 가도 가도 끝이 없었다.

화장실 입구에 한 줄은 남성, 한 줄은 여성, 내 짝인 동생과 줄어들지 않은 우리가 서 있는 긴 줄에서 이런저런 이야기를 하고, 옆쪽 남성의 줄을 보니 우리하고 같이 탄 남성분들이 많아 걱정 없이 기다리고 줄을 섰다. 남자들은 화장실 두드릴 필요 없이 변기에 서서 쉽게 소변을 보니 줄이 참으로 빠르게 줄어들었다.

갑자기 예전에 명절날 고향 갈 때 화장실 기억이 떠올랐다. 미어터지는 여자 화장실 앞에서 줄을 섰다가 차례가 끝이 보이지 않자, 난 남자 화장실을 침범했다.

줄이 전혀 없는 남자 화장실을 과감하게 내가 뛰어 들어가니, 소변을 보다 말고 뒤돌아보면서 "어!"하고 남자들이 괴성의 소리를 질렀다. 나는 남자들의 따가운 시선을 외면하고 화장실로 들어갔다. 그 순간 많은 아줌마들이 나를 따라 남자 화장실로 우르르 줄을 서서 들어오기 시작했다. 당황한 남자들은 후다닥 하고 피해 나갔고 순간 남성 화장실이 여성 화장실로 변하여 남자들은 화장실 출입을 못하고 있을 때, 어느새 여성 전용 화장실이 평정을 찾았다. 나는 줄을 서서 기다리며 이 사건 이야기로 동생과 웃음꽃을 피웠다.

그런데 지금 줄을 선 화장실은 들어가는 사람이 혼자씩만 들어가는데 왠지도 모르게 육중한 스텐으로 된 문과 함께 이상하다고 생각이 되었다. 얼마 안 있으면 우리가 들어갈 차례이니, 같이 줄을 선 동생이 "언니 우리 기다리다 누고 가자."라고 했다.

드디어 우리 차례, 이게 웬 말인가? 우리가 기다렸던 화장실은 장애인전용 화장실로 휠체어랑 같이 들어가도록 만들어 놓아서 실내가 엄청나게 넓었는데 좌변기가 하나뿐이었다. 문을 열려고 해도 버튼이 고장 났는지 잘 열리지도 않아서 힘들어할 때,

"언니, 우리 같이 들어가자."라고 동생이 말했다. 문을 열어 둘이 들

어가려는 순간, 뒤에 서 계시던 단체 관광 할머니 일행이 '와아!' 하고 우르르 들어왔다.

"할머니, 이제 우리 차례예요, 할머니 나가서 줄을 서시고 나중에 들어오세요."라고 외치자 목소리 큰 할머니는 더 큰 목소리로 외쳤다.

"야, 빨리 문 닫아 볼일 보게."

우리는 너무 황당하여 서로의 눈길만 마주쳤는데, 어느새 할머니는 바지춤을 내렸다. "젊은이 안 싸는가? 그럼 내가 얼른 쌀게."라며 할머니는 어느새 좌변기에 앉아 버렸다. 그 할머니들 옆에서 난 웃음이 키득키득 나와서 한참을 웃고, 같이 간 동생은, "언니, 일단 먼저 싸. 자꾸 할머니들이 앉으니까."라고 재촉했다.

좌변기에 앉을 자리다툼을 하고 있을 때 순간 할머니들은 안 되겠다 싶었는지 일제히 바지를 내려 큰 엉덩이들이 이곳저곳에서 불쑥불쑥 나왔다. 휠체어가 들어가는 장소에서 5명 남짓 할머니들이 죄다 '바닥에 오줌을 쌌으니 이것을 어떻게 해야 한단 말인가?' 우리 둘이 같이 안 들어왔으면 할머니들이 게릴라 오줌 전술을 안 했을 텐데. 순간 아수라장처럼 변해 수습이 불가했다. 우린 할머니들과 오줌 난리에 한동안 시간을 소비하고 돌아왔으나 동생 짝궁과 같이 없어진 사실을 모르고 차는 이미 떠나 버렸다. 장애인 화장실인 줄도 모르고 길게 서있던 자리에서 시간을 너무 많이 보냈다. 여성전용 화장실이 뒤편에 있는 것을 뒤늦게 알았다.

살아가면서 때로는 어느 줄에 서야 할지 선택해야 할 때가 있다.

청소년기에 잘못 길을 딛게 되어 인생이 꼬여 막다른 길을 걷게 되는 이유도 처음부터 잘못된 곳에 줄을 섰기 때문에 인생을 허비하게 된다.

청탁에 꼬리를 물려 좋은 직위와 공직에서 물러나야 하는 것도 똑바른 줄서기를 못 했기 때문이다. 힘이 들고 어려워도 좁은 길을 택하는 이유는 그만큼 가치 있는 길에 줄서기가 아닐까.

잘못된 줄을 서서 가다가는, 버스가 떠난 뒤에 손 흔드는 것처럼 후회해도 다시 되돌아올 수 없다. 나이가 들수록 성공하는 비결에는 어느 줄에 서 있는가에 따라서 살아남기도 하고 물러나기도 한다. 이러한 현실에서 세상은 참으로 줄이 중요한 부분인 것은 사실이다. 그러나 이 현실만으로 줄서는 잣대로 규정짓는다는 것은 참으로 슬프고 위험한 것이다. 진실이 아닌데도 진실인 것처럼 살아남기 위해 위선에 줄을 서면 후일 더 큰 화를 받게 되는 것이다. 아무리 뛰어나고 훌륭한 제자일지라도 반드시 엄격하고 똑바른 잣대를 가진 스승이 있다는 것 알게 된다.

현실의 편안한 줄보다 정직하고 똑바른 줄에 서서 사는 게 힘들지만 세월이 지나면 그 고달픈 줄이 약이 되어, 삶이 아름답고 행복한 지름길이 되어 주리라 생각된다.

여행 가려던 버스는 놓쳐 떠났지만, 인생 여정은 똑바른 줄에 서서 놓치지 않고 잘 가리라 다짐해 본다.

걷게 되다

아파보면 그 상대방의 고통을 알 수 있지만 본인이 건강할 때는 전혀 이해하지 못한다. 갈수록 나이 불문하고 환자의 연령층이 낮아진다는 게 걱정된다. 암 환자의 아픔을 겪어봐서 심정을 아는지라 죽음을 앞두고 얼마나 마음이 두렵고, 절망하게 되는지 짐작한다. '얼마나 살 수 있을까?'라는 생각, 또 병의 재발과 미래에 대한 불안 등이 병 자체보다 더 큰 문제인 것 같았다.

암 질환 못지않게 고통스러운 게 또 있다. 못 걷는다는 것이 큰 고통으로 느껴져 알 수 있었다. 당장 생명에는 시급하지 않다고 하더라도 한 발짝도 못 걷게 되면 밖을 나갈 수 없을뿐더러 설 수가 없어서 일상생활 자체가 힘든 것이다. 허리가 중심이 되어 척추를 똑바로 잡아 반듯하게 걸을 수 있다는 것은 축복이다. 못 움직일 때 고통을 받아보면, 마음껏 걸어 다니면서 생활하는 상태는 세상을 다 가진 것이나 마찬가지임을 깨닫는다.

또 다른 시련이 위암 선고를 받고 난 다음 해에 찾아왔다. 평소에도 허리가 많이 아팠지만 허리 디스크가 잘못되었는지 걸을 수가 없었다. 목동에서 목동으로 가까운 곳으로 이사를 했지만 무리했는지 허리가 끊어질 듯한 고통이 왔다. 이사를 하고 나니 내가 찾던 상자가 통째로 없어졌다. 아무리 찾아도 찾을 수 없어 이삿짐센터에 물어봤고 이삿짐센터에서 책임자가 와서 본인이 확인을 해주겠다고 방이나 창고의 짐을 다시 풀어헤치고 다시 정리하다 보니 이사를 두 번 한 것이었다.

예전에 이사할 때 통으로 다 버렸는지 여고 졸업앨범이 쓰레기통으로 갔는지 없어졌다. 소중한 물건이 눈에 띄지 않는다면 이사 후 물건을 찾을 때 바로 챙겨야 할 것 같았다. 이사한 이후 허리가 그냥 아픈 게 아니라 하루를 꼼짝없이 누워 있어야 할 것 같았다. 하지만 그렇게 할 수가 없었다.

이사한 날 밤에 딸이 친구를 데려왔다. 디자인 전시를 위해서 밤늦게 준비하다 보니 친구 집이 더 먼 곳이라 택시를 타고 와서 딸 친구가 우리 집에서 잤는데 내가 아침을 챙겨 줘야 했다. 나는 너무 힘들어서 나가서 사 먹으라고 말하고 싶었지만 난 딸 친구를 그날 처음 봤다. 그동안 아들 딸 친구가 부득이하게 하룻밤을 자고 가게 되면 꼭 아침은 따뜻한 밥을 해서 차려주어 먹고 가게 했다. 아픈 허리를 끌고 힘들어도 밥을 차려주고 미리 해 놓은 중요한 약속이 있어서 출타했다.

약속 장소인 지방에 도착한 시점부터 허리에 통증이 밀려와서 걸음을 걷지 못할 정도가 되었다. 발가락까지 쥐가 내리고 찌릿찌릿해서 허리통증이 발가락까지 와서 걸음을 절게 되는 것이었다.

집으로 겨우 돌아와서 그때부터 빨리 치료를 해서 나으려고 오전에는 이 병원에 오후에는 저 병원에, 다음날은 뼈 접골을 하러 갔다가 또 추나요법을 가는 등 안 해본 게 없을 정도로 치료받으러 여러 군데 다녀보았다. 허리 치료가 용하다는 곳을 찾아다녔고 정형외과 물리치료는 하루에 두 번씩 치료받으러 다녔으나 차도가 없었다. 심지어 걷지 못하니 집 앞 슈퍼에 계란 하나 사러 갈 엄두가 나지 않았고 거실에서 주방으로 갈 때는 기어서 다녔다.

어느 날 집 옆 가게에 들어갔다가 도저히 걸을 수가 없었다. 집까지 3분 거리인데 택시를 타면 운전사가 나를 제정신이 아니라고 생각할까 봐 택시를 이용하지 않고 가게 주인아저씨에게 집 앞까지 데려다 달라고 부탁을 해서 집으로 왔다. 계단 한개 두개도 못 걸어 다니니 무엇을 어찌해야 할지를 몰라 엘리베이터가 없으면 화물 승강기로 간다고 야단을 들어도 타고 갈 수밖에 없었다. 걸음을 못 걷는다는 것은 엄청난 고통이라는 것을 몸소 체험했다.

그 상황을 벗어나기 위해 한의원에 가서 침을 맞고 물리치료를 받으러 가니, 전년도에는 암에 걸렸고 지금은 걷지 못하니 한의사가 불쌍했는지 '내가 어떠한 방법으로라도 낫게 해줄 테니 한의원에 빠지지 말고 오라'라고 측은하게 위로해주었다.

정형외과에서 물리치료를 해도 그때뿐, 한의원에 가서 침 맞고 물리치료도 그때뿐이었다. 누가 목욕탕 가보라 해서 목욕탕에도 매일 가서 욕탕 안에서 걸으니 그때는 좀 나아진 것 같아도 잠깐뿐이었다. 목욕탕을 매일 가니 온몸에 물집이 생겨서 두드러기처럼 흉측하게 되어 그만두었다. 빨리 걷고 싶어서 쑥좌훈방을 찾아가서 면역력을 높이면 허리가 회복된다고 하여 가보니 거기서 만난 학교 선생님은 "저는 침내에서 대소변을 2달간 받아내고 살았어요."라고 말했다.

그이는 나보다 아래 나이였는데 너무 힘들어서 용하다는 곳에 가서 봉침을 머리에 맞았는데 피가 뚝뚝 떨어져도 참았다고 한다. 몇 번을 피를 흘리면서 봉침을 맞았다고 했다. 별의별 방법을 동원해서 나을 수만 있다면 시도하겠지만, 머리에 피를 흘리는 봉침은 맞을 수가 없다고 생각되어 난 최후의 방법을 택했다.

나의 형편과 처지를 아는 하나님께 매달려보자는 생각이 들었다. 의료보험이 되는 대부분의 병원비 5천원부터 시작하여 몇 개월 동안 100번 이상 치료를 받느라고 300만 원 이상을 썼지만 걸을 수가 없으니 절망감이 대단했다. 병원에서 치료하지 못한다면 기적으로 나아야 한다고, 나의 믿음에 달려있다고 생각했다.

이사 올 때 커튼을 맡아서 해주신 장로님이 다니는 교회가 집 옆에 있어서 저녁마다 기도하러 다녔다. 기도로 며칠 남은 딱 5개월만 채워서 병원 다니고 그 외는 절대로 병원 안 간다고 하나님의 은혜로 낫게 해달라고 기도했다.

병원에 다닐 때는 치료 받는 순간에는 일시적인 고통이라도 멈추었는데, 이제는 병원 문 앞에도 얼씬하지도 않으니 발이 저려서 못 걷는 것은 그대로였지만, 난 꿋꿋하게 이 또한 하나님께서 알아서 해주실 일이라 생각하고 발을 절면서 다녔다.

절박함이 나를 더 강하게 했는지 2주가 지나니 조금씩 나아지더니 한 달이 되니 완치가 되었다. 할렐루야~ 이건 기적이다. 뛰어다녀도 아무 이상이 없어, 횡단보도를 뛰어갈 수 있다는 게 얼마나 감사한지 모른다. 예전에는 횡단보도를 제시간 안에 못 걸어가서 운전하는 사람들에게 야단도 많이 들어 계단과 횡단보도만 보면 도망가듯이 피하고 다녔다. 제대로 일어서서 있을 수도 없으니 걸을 수가 없던 내가 완치되었다. 그 이후로 지금까지 11년째 한 번도 허리가 아파서 병원에 가본 적이 없다.

너무나 감사한 기적 같은 일이 힘들 때, 내가 믿는 신을 의지한다는 것은 나를 붙잡아주는 힘이 되는 것이고, 나의 작은 믿음일지라도 희망으로 걷게 되었다. 그렇게 아픈 시절에 부산을 꼭 갔다 와야 하는데 혼자서는 갈 수가 없고 한 사람을 대동해서 가야 했다. 그 당시 나의 손발이 되어준 언니와 인연이 40여 년이 다 되어간다. 그 언니께 감사를 드린다.

결혼 전에 은행에 근무했다. 내가 하는 업무 중의 하나는 어음교환소에서 중앙은행인 한국은행이 오고 시중은행이 모두 모여서 자기 은행의 수표나 어음을 챙겨가고 한국은행에 지급준비금을 예치하고 보고하는 업무였다. 35명 정도 모이는 어음교환소에 여자 행원은 4명 정도지만, 내 곁에 두 살 많은 한국은행 언니와 친했다. 내가 근무한 은행 직장동료들은 창원에서 있고 나는 서울로 이사 와서 사니 결혼 후 한 명도 연락되는 사람이 없었다. 유일한 그 언니가 나의 든든한 버팀목처럼 급하면 연락하면서 지내왔다.

그 언니가 내가 아파서 못 움직인다는 소리를 듣고 직장에 휴가를 내고 한 발짝도 제대로 못 걷는 나를 부축해서 부산에 일 보러 가는 내게 힘이 되어주었고, 식판도 제대로 못 들고 다니는 나를 일일이 다 챙겨주었다. 덕분에 해결을 잘하고 오게 되었다.

같은 도시 서울에 언니가 살아도 평소에 자주 만날 수는 없지만 급하면 연락을 취할 수 있는 언니가 있다는 게 행복하다. 서울로 이사 와서 외롭지 않게 언니가 든든한 지원군이 되어주어서 얼마나 고마운지 모른다. 언니는 내가 이사했다고 비싼 이불을 사서 선물로 보내주었다. 이불을 덮을 때마다 언니를 생각나게 해주었고 나는 그 이불을 덮고 자면 잠이 잘 왔다. 너무 두껍지도 얇지도 않아 수면에 가장 최적화된 이불이라 마르고 닳도록 사용한 이불이 이것뿐이다. 언니 아들의 결혼식 날 축의금 받는 걸 나보고 책임지고 해라고 한다.

시댁과 친정에 많은 가족이 있어도 누구보다도 정확하게 믿고 맡길 수 있는 사람이 나라고 맡기 싫어도 꼭 해달라는 말에 나에 대한 깊은 신뢰를 느낄 수 있어서 언니에게 고마웠다. 부산 갔을 때 언니에게 몇 번을 이곳저곳을 갔다 오라고 해도 말없이 다 뛰어주고 식당에 가서도 나를 처음부터 끝까지 서빙해준 언니가 고마웠고, 감사했다. 이제야 언니에게 감사의 마음을 전한다.

언니, 그때 참으로 감사했어요!

통이 큰 선택의 지출

우리는 살아가면서 무수한 선택과 판단을 하고 산다.

그 선택과 판단으로 흥망성쇠가 결정되고, 잘못된 판단으로 인해서 일어설 수 없는 오류가 발생하기도 한다. 그 오류로 인해 끝이 나는 경우도 허다하다. 그만큼 선택과 판단에 대한 신중한 결정이 일의 전체를 가를 만큼 대단한 영향력을 미친다. 선택과 판단의 시점이 언제, 어디냐에 따라서 시점이라는 타이밍으로 기회를 잡을 수도 있고, 기회를 상실할 수도 있다.

기회를 잡는 선택의 시점이 절제되고 정확해야 한다는 것을 많이 느끼며 배우고 있다. 판단을 내리기에 애매하거나 흐릿할 때 자문을 구하고 조언을 듣는 것도 성공의 밑거름이 되기도 한다. 사업도 마찬가지이다. 아무리 좋은 상품이라고 해도 먼저 출시해도 인지도가 낮아서 그냥 시들해지고 만다. 광고로 홍보하고 제품출시를 하는 것이 소비자의 선택에 부응하기 위한 최고의 판단이라고 생각된다.

우리 생활 속에서 일어나는 수많은 일과 자금의 쓰임도 계획이 있고, 자금의 순서가 있어 잘못하다가 자금의 순서만 바뀌어도 빚으로 허덕이는 경우도 많이 보았다.

우리는 경제가 힘들수록 짜임새 있는 소비지출을 해야 어려움을 이길 수가 있을 것 같다. 현명한 판단으로 꼭 인사를 해야 할 곳은 나의 분수에 맞게 성의를 표시해야 인간관계가 유지되는 것이다. 서로 상호 신뢰를 이룩하는데 물질과 마음이 같이 움직여야 서운함이 덜 할 것 같다는 생각이 든다.

꼭 인사를 해야 하는 상황이 생기면 빚을 내어서라도 선물을 해서 보내고 나에게 필요하거나 내가 감수할 수 있는 것은 아예 안 쓰고 견디고 참는다.

결혼 2년 반 만에 지방에서 경기도로 이사를 왔다. 친정엄마는 지병이 많아서 움직이는 종합병원이라고 할 만큼 대학병원에 몇 차례 수술을 받았다. 언제 돌아가실지도 모르는 상황처럼 날마다 엄마의 건강이 걱정되었지만, 집 전화 선로가 놓여 있지 않은 동네에 이사하다 보니, 날마다 공중전화를 기다려서 안부를 묻고 걱정을 했다.

찬바람이 부는 초겨울에 엄마의 생신이 다가왔다. 엄마에게 좋은 선물을 해 주고 싶었으나 돈이 없었다. 그러나 엄마의 마지막 생신이 될지도 모르는 일이라 빌려서라도 살아생전에 선물을 제대로 하고 싶었다. 내가 가진 돈은 지방에 있는 아파트를 전세 놓고 받은 전세금이 모두라, 목돈을 떼어서 선물할 방법밖에는 없었다. 그때 유행하던 예쁜 앙고라 스웨터를 과감하게 선물을 해드렸다. 엄마가 돌아가시면 돈

때문에 선물을 못 했다는 슬픈 마음에 후회될 것 같아서였다. 엄마가 평생에 못 입어본 옷을 선물 받고 무척 좋아하실 것 같았다. 내가 드린 파란색의 앙고라 스웨터는 엄마에게 가장 소중한 옷이 되었다.

이웃집 친구에게 잠깐 돈을 빌려 달라고 하면 되는데, 아쉬운 소리 하기 싫어서 정기예금 시켜놓은 걸 목돈을 떼어서 선물 샀다고 하니 친구는 의아하게 생각했다. 내 마음을 담은 선물이라 엄마가 아껴 입으시면서 중요한 자리에 참석할 때는 그 옷을 입고 다니셔서 나는 후회가 없었다. 선택을 과감하게 했으니 나더러 '통이 크다.'라고 말했다.

그러나 내가 참고 견뎌야 할 부분에서는 돈을 사용하지 않으니 항상 비상금을 보유했다. 부업을 하면서도 한 푼도 쓰지 않고 신혼 시절 나름대로 큰돈을 모았다.

엄마에게 스웨터를 선물한 이후 2년 뒤였다. 시아버님이 폐암 말기라서 돌아가시게 되었을 때 맛있는 음식이라도 사드리고 싶었지만, 아버님은 드실 수가 없었다. 시골에서 평소 용돈이 귀하셨던 것을 알았기에 자식으로서 큰돈을 드리고 싶었지만, 신혼 시절 월급을 타면 쓰임새가 많아 모아둔 돈이라고는 내가 부업해서 모은 돈이 전부였다. 난 부업으로 모아둔 돈을 모두 찾아서 수표와 현금을 준비해서 지방에 계신 시아버님께 직접 갖다 드렸다. 그것은 아버님이 빨리 기운 차려서 일어나시라고 작은며느리가 해 줄 수 있는 선물이었다.

그 당시 부업으로 마련하여 갖다 드린 돈이 처음이자 마지막으로,

시아버지께서 많은 용돈을 만져보신 게 아닐까 싶다. 살아생전에 유일하게 갖다 드린 돈이 아버님께 드린 나의 마지막 선물이었으므로 나는 그때의 선택을 지금도 잘했다고 자부한다.

그 당시에 결혼할 때 사 온 세탁기가 망가졌는지 도저히 빨래를 할 수 없어서 손으로 빨래했다. 탈수는 할 수 없이 결혼한 지 얼마 안 되는 신혼인 옆집 새댁에게 부탁했다. 빨래하는 날에는 새댁과 친하게 지내는지라 아예 부탁을 미리 했다. 외출하지 말고 기다려 달라고. 그렇게 2개월 동안 손빨래로 4인 가족의 옷을 빨았다.

어느 날 새댁이 너무했다는 생각이 들었는지 본인이 결혼할 때 혼수장만했던 가전제품 담당자에게 연락해서 견적을 받아왔다. 난 절대로 할부를 안 한다 했더니 요즘은 현금가로 계산해서 지로만 내면 되니 "아줌마, 세탁기 하나 구입합시다."라고 나를 설득을 며칠 하더니 세탁기를 구입해 왔다. 내가 가지고 있던 돈을 시아버님 기운 내시라고 다 드리고 나서, 목돈을 다시 모아서 세탁기를 현금으로 사면 싸게 살 수 있다고만 생각되었다. 그 시절 나의 철칙이 남에게 돈을 빌리거나 할부가 있으면 매월 빚 갚다가 세월 다 간다고 고지식한 생각에 몸은 힘들었지만 마음은 편했다.

나의 생활에서 그 시기가 아니면 쓸 수 없는 경우에는 돈을 과감하게 투자한다. 시장가면 몇 바퀴를 돌고 신선하고 싸게 살 수 있는 몇 천

원도 아껴 썼지만 2002년 월드컵이 열리던 해는 많은 돈을 썼다. 입장권을 큰돈을 주고 예매하여 입장식을 관람했다.

16강전을 앞두고 인천 문학경기장에서 우리나라와 포르투갈의 조별 예선시합이 있었다. 감격의 순간을 축구를 좋아하는 아들에게 보여 주고 싶어서 수소문하여 입장권을 몇 십만 원 주고 구했다. 중학교 2학년 아들과 같이 갈 사람을 수소문하여 아들을 부탁해서 감격의 순간을 같이 맛보고 오라고 했다. 아들은, 경기장에 다녀와서, 그 유명한 장면, 박지성 선수가 히딩크 감독에게 안기는 모습에 감격했다고 했다.

16강 시합이 있던 날, 나는 회사 전체 직원들에게 붉은악마 티를 사주었다. 또 모두가 응원하려 운동장에 가고 싶어 해서 일찍 퇴근시켰다. 그 당시 우리 한국 선수가 월드컵 경기에 뛰는 날이면 어느 누가 말하지 않아도 모두가 붉은 악마 티를 입고 출근을 했다.

대망의 4강 진출 월드컵 경기가 열리던 날이었다. 우리나라가 월드컵 축구 역사상 최고 등수였기에 아들을 꼭 보내고 싶었다. 이곳저곳 수소문하여 이번에는 거금을 주고 2장을 구해서, 아들과 남편을 경기장에 응원하려 보냈다. 우리가 살아생전 또 월드컵을 볼 수 있을까 생각하면서 과감히 아들에게 넓은 세상을 보여 주고 싶었다. 돈으로 살 수 없는 생생한 기록을, 현장에서 가슴 뿌듯하게 느끼고 오라는 뜻이었다.

그 당시 〈꿈은 이루어진다〉라는 카드섹션으로 응원한 장면을 아들이 경기장 응원석에서 사진으로 찍어 왔다. 그 기념비적인 사진을 확대하여 많은 사람들에게 나누어 주었다. 감격의 장면을 역사로 남긴 카드섹션 사진을 그때 액자로 만들어두었다.

그 액자를 아직도 잘 간직하고 있다.

벽의 위력

벽은 우리를 힘들게 하고 소통을 단절시킨다.

서로의 응어리를 풀려면 마음의 벽을 헐고 대화를 통해 서로의 생각을 나누고 이해하면서 가까워진다는 것을 알게 된다. 마음의 벽이라 해도 오래 두면 콘크리트를 부어서 만든 벽처럼 강하고 단단해져서 쉽사리 마음을 소통하기라 쉽지 않아진다. 벽을 허물고 소통하기까지 엄청난 기간과 노력을 기울여야 한다.

무형의 벽은 인간의 심리적인 요인으로 생기는 것인데 상처를 싸매기란 쉽지 않다. 하지만, 마음과 마음으로 세월을 두고 계속 노력한다면 단단한 벽의 위력도 점차 감소 되어갈 것이다. 그리하여 서로를 가로막던 강한 벽이 깨어져서 소통과 화해로 아름다운 만남의 열매가 맺어질 것이다.

외형의 벽도 마찬가지로 내가 생각하지 못한 위력이 있다는 것을 알게 되었다.

벽은 사물을 안정감 있게 지탱하거나 받쳐주는 것이 중요한 역할임을 깨닫는 일이 있었다. 근무하는 회사에서 나는 분리된 좁은 사무실 공간이라고 해도 불편하다는 생각을 못 하고 지냈다. 어느 날, 같이 근무하는 옆에 있는 부하직원 두 사람이 좀 더 넓은 곳으로 사무실을 옮겨 보자고 제의를 했다. 나 혼자 사용하는 사무실은 원래 샤워실로 쓰던 공간이었다. 3평 미만의 이 방에 황토 타일을 붙이고 LED 조명으로 꾸며놓으니 어느 공간도 부럽지 않은 아담한 사무실로 변했다.

찾아오는 어떤 이는 나에게 답답하지 않은지 물어보고, 어떤 이는 너무 얼굴을 가까이해서 앉아야 하니 왔다가 미안해서 밖에서 기다리고 있기도 했다.

다른 회사 같은 직위에 있는 동년배의 책임자는 테이블이 있는 수납형 의자에 앉으니 포근하다고 하여, 좁은 공간이지만 삶의 서러움에 눈물을 쏟아내어 슬픈 마음을 정화하고 갔다.

그 여인은 다시 나의 자리에서 허심탄회 이야기를 나누고 싶다고 했는데, 그곳에서 아픔을 어루만져주었기에 소박하지만 아름다운 자리라 생각하고 자주 오고 싶어 했다. 사람이 살아가면서 크고 넓은 곳에 살게 되면 다행이지만 때에 따라 어려울 때는 형편이 되는 대로 살아가야 한다는 나의 지론이었기에, 좁은 그곳을 답답해하거나 공간 때문에 불평한 적이 한 번도 없었다.

그러나 부하직원의 호소에 사무실을 한 층 내려가서 4층에다 사무실을 꾸미기 시작했다. 물론 직원들 방과 책임자인 나의 방은 분리가 되어 있었다. 예전에 옮기기 전에도 분리가 되어 있었지만 벽을 허물면 공간이 확장되어서 남들이 밖에서 보면 예전보다 몇 배로 커 보일 것 같았다. 그래서 직원들 사무실과 내 사무실 사이의 공간을 분리하는 게 좋을지 아니면 벽을 허물지를 두고 고민했다. 기존 사무실보다 훨씬 더 넓은 곳으로 이사를 왔으니 분위기를 바꿀 겸 가벽으로 된 공간을 허물고 확 트이게 해서 사용하자는 의견과, 책임자의 문만 연결하여 따로 벽을 두고 공간 분리를 만들자는 의견에 후자의 의견으로 모아졌다.

이사를 하는 날 벽이 있다는 게 얼마나 든든한지 느끼게 되었다. 벽을 등지고 캐비닛을 세우고 보니 안정감이 있고 벽이 덩치가 큰 사물함의 지지대 역할을 해주었다. 게다가 벽 덕분에 공간 활용을 좀 더 균형 있게 맞출 수 있었고 자리를 보기 좋게 꾸미는데 도움이 되었다. 벽을 보면서 기댈 수 있는 곳이 있다는 게 힘이 된다는 걸 깨달았다. 외형의 벽이 주는 위력을 통해 벽이 주는 행복감을 느끼는 날이었다. 직원들의 공간이 협소해서 답답해하는 말 못 하는 고민의 문제는 서로 소통하고 그 결과 이사를 하게 되어 마음의 벽을 허물었다. 공간의 지지대는 직원들이 벽이 있어서 경영지원본부의 많은 사물함을 세워 두기에 좋다고 하여 의견을 수렴하여 주었다. 덕분에 직원들은 마음이 신나고 뿌듯하다고 했다. 똑같은 벽이라 해도 유체물과 무체물의 느낌이 다르지만, 벽이 주는 위력이 있어서 벽을 살려두고 이사를 했다는 게 다행이었다.

사무실 이사를 마치고 나서 그날 밤에 지인 본인의 핸드폰으로 부고의 문자가 들어왔다. 처음에는 상주의 이름인가 라고 생각했다. 부친상이 낫나보다 생각했는데, 자세히 읽어보니 본인이 사망한 것이었다. 멀쩡하던 아직도 젊은 은행 지점장이 왜 죽었는지 안타까움에 혼란스러웠다. 본인이 죽었으니 물어볼 길이 없었다.

20년 전에 그가 은행 대리 때 알게 된 사람이었다. 은행 본부에서 볼 때 그가 유망한 직원이었는지 가족과 함께 미국 명문대에 석박사로 유학을 보냈다. 그 후 그는 본부에 근무하게 되어 몇 년에 한 번씩 주위의 직원을 통해 그의 소식을 듣고 살았다. 세월이 흘러 지점장이 되었다는 소식을 듣고 통화를 한번 했다. 그가 은행 대리 시절에 부부끼리 식사 한번 같이하고 우리 회사 창립기념일에 축하차 그가 방문해주었다. 그 후 15년이 훌쩍 지나버렸다. 그동안 만나지도 못하고, 그럭저럭 오랜 세월이 흘렀다. 그의 아내가 남편의 핸드폰에 저장된 번호로 부고를 보내다 보니 본인의 이름으로 부고장이 들어왔던 것이다.

인터넷으로 그 지점장 이름을 검색하니 미국에서 유학을 마치고 현직에 있으면서 출중한 실력으로 많은 책을 썼다는 걸 알았다. 그날 밤 아시는 지점장님께 문자를 보내어 왜 갑자기 이런 안 좋은 변고가 있는지 질문을 했으나 답이 없었다. 다음날 본부로 전화를 해도 갑작스러운 충격에 답이 오지 않자 소속지점을 수소문하여 알아보니 뇌출혈로 갑자기 세상을 떠났다고 하였다.

그는 명문대를 졸업한 인재로 키가 크고 잘 생긴데다가 시원시원하게 일도 잘했다. 그는 대리 시절에 나를 누나처럼 생각하여 자신의 소신 있는 의견으로 정확하게 내게 필요한 사항을 안내해주었다. 정승의 개가 죽으면 문상을 찾아가도 정승이 죽으면 안 간다는 말이 맞는 거 같기도 했다. 가까운 지점장들께 연락해보니 선후배지간으로 잘 알고 있으나 굳이 먼 거리를 업무시간에 갈 수 없으니. 안타깝지만 어쩔 수 없다는 답변뿐이었다. 왕복 3시간 반 이상 소요되고 차가 밀리거나 퇴근 시간 때는 5시간 이상이 걸리니 이해는 되지만 서운했다.

남편과 나는 20년 전에 만났던 그때를 생각해서 고인의 영정이라도 보고 오자고 하여 의리를 지키고 싶어서 찾아갔다. 본인이 사망하면 고인의 지인이 문상을 하러 가더라도 문상객이 누구인지를 상주들이 모르는 경우가 대부분이다. 상주들이 어찌 알랴마는 일면식 있는 그의 아내라도 위로하고 싶어서 갔으나 뵐 수가 없었다. 입관을 하고 나서 충격으로 쓰러져 누워있다는 거였다. 나도 엄마의 입관을 작년에 경험한지라 그 슬픔이 얼마나 큰지를 말하지 않아도 느낌이 왔다.

연로하신 부모님이 돌아가셔도 큰 충격일 텐데 날마다 같이 살던 50대 중반의 건장한 남편이 갑자기 죽었으니 그 부인에게는 무엇이 보이겠는가! 남편은 든든한 벽이었고 기둥처럼 집안을 받쳐주고 있었는데, 그와의 사별로 전업주부인 그의 아내에게는 충격이 이만저만 아니었으리라 느껴졌다. 그가 대리 시절 만났을 때 초등학생이던 그의 자녀들은 어느새 20대 말의 청년으로 성장해 있었다. 두 자식이 아직 취직이 안 된 상태인지라 아내는 더 막막했으리라 생각되었다.

남편이라는 존재는 든든한 벽처럼 기댈 수 있는 안식처이고, 위험한 것으로부터 방어해주는 울타리이고, 비 바람 속에서도 안전하게 피할 수 있게 막아주는 벽이었는데 갑자기 이 세상을 떠나갔다니 그의 아내는 막막한 바다에 표류하는 작은 배처럼 느껴졌으리라. 그 아내의 성향을 잘 알기에 슬픔을 회복하는데 세월이 많이 흘러야 할 것 같았다.

젊은 날에 훌쩍 떠나버린 지점장 생각을 하다가, 일상의 소중함과 살아서 같은 공간에서 같이 살고 나에게 벽이 되어 주는 남편이 새삼스럽게 고맙다는 마음이 생겼다. 남편도 나의 손을 잡고 같이 잘 살아줘서 고맙다는 말을 연거푸 하니 숨을 쉬고 같은 공간에 산다는 자체가 행복이고 기쁨이라는 깨닫는다. 남편과 난 며칠을 슬픔의 여운으로 지내는 가운데 서로 이렇게 살아 줘서 고맙다는 인사를 아침마다 나누곤 했다.

오늘도 벽이 되어 나에게 안식처로 다가온 남편이 고맙고 소중함을 느끼게 한다. 건강한 하루를 맞이하여 남편과 함께 아침을 먹는다는 것이 소소한 행복이며, 함께 이 세상을 이길 수 있는 영원한 내 편! 벽이 있어 든든하다.

3부
사랑

책임감은 사랑이다

누군가를 보살펴야 한다는 책임감은 부담스런 짐이 되기도 하지만 살아갈 이유와 희망이 되기도 한다. 죽을 만큼의 괴로움 속에서도 눈에 아른거리는 자식이 있고, 살아야 할 임무가 있을 때 다시금 일어서는 힘이 생긴다. 책임감은 나의 그물망이 되어 빠져나갈 수 없게 하며 제 자리를 지키게 한다. 때로는 책임감이 나의 인생의 지지대가 되어서 나를 받쳐 주기도 한다. 깊이 느끼는 책임감은 울타리가 되어서, 가정과 사회에서 나의 역할을 완수하게 하는 놀라운 힘의 원천이 되기도 하고 활력소가 되기도 한다.

얼마 전 인천상륙작전 영화를 봤다. 6·25 전쟁에서 인천상륙작전이 성공했기에 서울을 다시 수복하게 되었다. 전투에 참가하여 특수임무를 띤 군인들이 전쟁터에 온 이유와, 고향에 계신 부모님과 아내와 자식을 떠올리는 장면에서 '저는 고향이 마산이고요.' 이 말을 듣는 순간 우리 아버지가 영화 속의 주인공이 아닌가 싶을 정도였다.

아버지께서는 우리 오남매의 초등학교 시절부터 수시로 밥상머리에서 6·25 전쟁 이야기를 생생하게 들려주셨다. 참혹한 전쟁 속에 먹을 것이 없어서 남의 무밭에서 무를 캐어 삼 일을 굶은 허기를 채우고, 너무 배고픈 나머지 폐가에서 보리밥을 해먹었는데 돌이 반, 보리가 반이었다고. 그래도 배고픔을 달래기 위해 눈물로 밥을 먹었고, 하루하루 포탄과 총격전을 치렀다. 이런 이야기를 듣고 밥상에서 반찬 투정을 어떻게 감히 할 수가 있단 말인가!

직접 전쟁에 참가하였기에 치열한 격전지 속에서 낙동강 전투, 팔공산 전투의 피바다 이야기는 헤아릴 수 없을 정도로 많이 들었다. 같이 전투에 참여한 동네 형님의 처참한 죽음을 보고, 시체를 산야에 두고 올 수가 없어서 직접 가마니로 덮어서, 구덩이를 파서 묻어 주고 상부에 보고를 했다고 한다. 머리가 터지고 피투성이가 된 동네 형님들의 죽음은 끔찍한 광경으로 기억에서 지울 수가 없었다고 한다.

아버지께서는 18세 어린 나이로 6·25전쟁에 참전하셨는데, 1953년 전쟁의 종결까지 젊음을 바쳐 나라를 되찾는 쫓고 쫓기는 남북한의 6·25 전쟁을 치르셨다. 이름 없이 빛도 없이 죽어간 젊은 용사들의 피 값으로, 오늘날 우리가 잘살고 있는 조국이 된 것이다.

영화보다 더 처절한 전투를, 아버지가 생생히 기억하는 6·25전쟁 참전 수기를 내가 대필하여, 국방부에서 책으로 편찬하는데 힘을 보탰다. 아버지께서는 젊은 친구들에게 교훈으로 조국을 잘 지키라는 당부를 하셨다. 책으로 남긴 아버지의 마지막 유언에서 조국이 있음에 내가 있다고 강조하셨다. 인천상륙작전 영화를 보고 나니 돌아가신 아버지가 너무나 그립다. 곁에 계셨으면 더 잘해드리고 싶은 마음인데, 아버지의 빈자리가 대지의 싱크홀 같다.

아버지의 소속 소대가 전몰하고 유일하게 혼자 살아남으셨다. 격전지 상황과 적의 전투 방향을 보고하기 위해 혼자서 맨발로 삼일 밤낮을 쉬지 않고, 허기진 배를 부여안고 사활(死活)을 걸고 적진을 지나와야만 했다. 험악한 산악의 적진을 뚫고 본부로 상황을 알려야 하는 의무는, 전술의 작전에 도움이 되므로 아버지가 살아야 하는 의무이자 책임감이었다. 총알이 대퇴부로 관통했으나 살아남아 소대장으로서의 책임 완수가 목표였기 때문이었다. 아버지는 이 공로를 인정받아 표창으로 충무 무공훈장을 받으셨다.

죽음의 적전지에서 소대 앞에 방망이 수류탄이 던져왔는데 이것을 제거해야 모두가 살아남고 이것이 터지면 모두가 죽는 것이었다. 같이 죽지 않으려면 재빨리 수류탄을 제거해야만 했다. 수류탄을 던지는 순간에도 터질 수가 있지만 누군가는 해야만 아군들이 살아남는다고 생각한 아버지는 죽음을 무릅쓰고 적진을 향해 수류탄을 던지는 순간 적진은 불바다가 되고 아버지의 곁에 있던 아군들은 모두가 살아남았다.

살아남는 유일한 희망은 적에게 영토를 뺏기지 않고, 조국을 지키려는 애국심, 죽으면 죽으리라하는 용기가 있었기에 가능한 것이다. 목숨을 건 책임감은 전쟁에 참여한 전우를 살려야 하는 사랑이었다.

또 아버지의 책임감은 사랑하는 자식을 찾아내야 하는 사명감이었다. 물론 엄마의 심정은 더 애절하여 자식에 대한 사랑이 강했다.

내가 초등학교 2학년 때 대홍수가 났다. 부모님 두 분이 젊은 나이에 고생하여 산 밑에 아담한 2층집을 봄에 지었다. 동네에서는 유일하게 지어진 2층집이고 최근에 지은 집이라 우리 집이 제일 예쁘게 잘 지어져 멋있게 느껴졌다. 봄에 집을 다 지어놓고 그해 여름에 홍수로 집이 산사태로 전몰되었다. 산 밑의 집이라 큰 바위와 큰 나무들이 휩쓸려 왔고 토사가 집을 덮어서 아무것도 보이지 않았다. 부모님은 걱정이 되어 주무시지도 않으시고 집 단장을 챙겨 보고 계셨는데 홍수로 범람하고 토사가 시작되면서 모든 곳이 암흑으로 정전이 되었다. 천둥 번개와 함께 토사가 집을 덮쳐버려 흙 속에서 자식을 찾아내야 하는데 사활을 걸었다. 암흑천지로 변고를 당한지라 한밤중에 자식의 이름을 목 놓아 불러대면서 위치파악부터 해야 했다. 두껍게 덮은 토사를 빨리 제거해야 했다. 부모는 목숨을 내놓고 힘껏 토사를 걷어 내는 게 자식을 살리는 길이었다.

난 갑자기 내 얼굴에 차가운 흙이 느껴졌다. 나는 자다가도 예민하게 감지하여 뽀스락 소리만 나도 일어나는 사람이라 무너진 흙더미에서 반응이 제일 빨랐다. 무너진 흙더미 속에서도 나를 건져 주어야 일어날 수 있다고 생각한 나는 살려달라고 손을 번쩍 들었다. 1차로 아버지가 나를 먼저 구해주었고 곁에 여동생을 눕혔으니 여동생을 구해냈다. 다행히 빠르게 구해준 덕분에 우리 자매는 조그만 부상 외에는 아무 이상이 없어 무탈했다.

초등학교 2학년 때였는데 지금 생각해 보면 그때 내가 살아야겠다는 희망이 강했던 것 같았다. 다행히 우리 자매는 구했지만 오빠는 따로 다른 방에서 잠을 자서 위치를 못 찾아서 아들 이름만 부르고 반응이 없으니 죽었나 살았나 엄마는 기절할 정도였다.

마지막 한순간도 지체하면 안 된다고 땅을 파고 주위의 사람을 동원하여 좀 늦게 가까스로 오빠를 구해 냈다. 오빠를 구하기는 했지만 토사가 장기를 눌러 기능을 하지 못해 3일을 소변을 누지 못해 여러 군데 병원에 다녔던 기억이 난다. 오빠는 고통으로 몇 개월을 힘들어했다.

아버지는 다리가 찢기고 엄마는 발 발바닥이 터져 두 분 다 피범벅이었다. 자식을 구하는 것이 죽음을 각오하고 발버둥 치면서 살려야 한다는 책임감은 사랑이었다. 네 째인 동생은 엄마가 업고 있었는데도 얼굴에 흉터가 있는걸 보면 전쟁 같은 수해를 당한 것이다. 우리 집이 무너지고 나니 산 밑에 있는 집들이 몇 채가 순서대로 무너지는 소리가 전쟁에서 터지는 폭탄 같은 느낌을 받았다. 아버지, 엄마가 구해준 덕분으로 살아남아 수해민 동네에서 몇 년을 살았다. 아까운 2층집이 폭삭 내려앉았지만 자식을 구했다는 것만으로도 감사하다고 한다.

고생한 보람이 물거품으로 폭삭 내려앉은 절망의 순간에도, 자식들을 위해 헌신의 삶으로 다시 일어서서 자식의 평탄한 길을 위해 생의 어두움이 끝나는 순간까지도 사랑해주신 부모님께 감사드린다. 책임감 있는 부모님의 사랑 때문에 오늘도 행복하게 살아갈 수 있음에 나도 자식을 위해 헌신할 수 있는 사명감이 생긴다.

꿈꾸는 행복

행복이 무엇일까? 나의 꿈은 무엇이었는가? 나름대로 분석하고 생각해 본다.

휘몰아치는 세상살이에 힘들어 헉헉거릴 때 모든 걸 내려놓고 편안히 쉬고 싶다는 마음이다. 재물도 명예도 인정받는 것도 다 부질없는 것 같다. 여유로운 삶이 주는 행복은, 평안함으로 승화되어 마음이 부유하고 포근할 것이다.

꿈과 희망으로 시작한 제조업은 갈수록 그 자체가 고난이고 역경이다. 처음에는 꿈으로 시작하고, 다음에는 애국자 마인드로 경영하고 있지만, 쉽지 않은 제조업에 눈물겹다. 많은 직원들이 있고 그에 따른 가족들이 있으니 물러나고 싶어도 물러날 수가 없다. 힘들다고 해도 직원 그들에게는 일에 대한 테두리의 범주에 있지만, 제조업 경영자는 개발과 판매, 생산의 한 치의 오차도 없어야 한다는 그 자체가 완벽한 압박감이다.

어릴 적에 우리 마을 잘 살기 하는 새마을 운동으로 젊은 지도자가 마을을 부유하게 만드는 걸 보고 나도 많은 사람에게 잘 살게 해주고 싶다는 마음에 지도자가 되고 싶었다. 그 꿈은 세월이 흘러 제조업을 하고 많은 직원들과 함께 하는 게 아닌가 싶다.

중학교 때는 어려워도 배움의 열기가 강했던지 대학원을 가야겠다는 꿈을 가지고 있었다. '행복하게 산다는 것은 물질의 만족도 중요하겠지만 자신의 꿈을 이루면서 산다는 것도 행복한 일이다' 생각하고 50대에 들어서자 야간대학원에 등록했다. 자신에 대한 도전과 변화된 삶에 부딪혀 이기고 싶었다. 현실적으로 필요한 직업과 관련된 경영대학원에 입학했다.

입학하고 보니 경영대학원 1기생이었고 또 유일한 여학생이었지만 나이도 제일 위였다. 그러다 보니 1대 원우회장이 되어 원우 회칙과 학업의 틀을 세워 가야 했고, 큰 나무로 성장시키기 위해 많은 교수님께서 관심을 쏟으셨다. 초대 원장님과 주임교수님이 4학기가 시작할 무렵 바뀌시고 다시 새로운 주임교수님의 지도를 받게 되었다. 그러나 그분의 인품은 여태 모셔 왔던 다른 교수님들보다 사랑이 많으셨다.

힘든 우리들의 마음을 아시고 깊은 밤까지 위로의 술잔을 함께 해주시니 정감이 가는 분이었다. 제자에게 베풀어 준 마음은 오래도록 행복감을 안겨주는 것 같다. 생각만 해도 기분 좋은 사람은 멀리 떨어져 있어도 그 향기를 느낄 수 있다.

꿈에 부푼 대학원 졸업여행을 일본 고베로 가게 되었는데, 덩치 좋은 청년이 가이드로 자청하고 따라왔다. 대기업 직장인이었으나 4박 5일 휴가를 받아서 교수님 대신 자신이 일본을 잘 안내하겠다고 했다. 일본 여행 중 일본의 교류대학원을 탐방하고 교수님께서는 일본 대학원 교수님과 식사하러 가시고, 우리는 가이드 청년과 음식점에서 회포를 나누었다. 그는 교수님의 인품을 소개하면서 일본까지 교수님 대신 가이드로 나온 이유를 설명했다.

교수님께서는 일본으로 유학 가셨다가 석사, 박사과정을 마치고, 일본 국립대 교수로 재직하고 계실 때 청년은 한국의 교환 학생으로 일본에 왔다가 교수님 인품에 감동하여 평생 제자가 되었다고 했다. 교수님은 박사 공부할 때 만난 일본 여학생과 결혼하셔서 부부가 대학교수이시다. 교수님께서는 한국 유학생이 어려울까 봐 사비를 털어서 매월 그 청년에게 용돈을 주셨다. 또 한국에 있는 여자 친구와의 만남을 아시고, 청년이 연애 기간에 사랑을 지켜가도록 도와주시기 위해, 한국을 오고 갈 수 있도록 뱃삯을 지불해 주셨다고 한다. 그래서 그는 교수님이 베풀어준 은혜에 감사하고 그 은혜를 잊을 수가 없다고 한다.

그러면서 교수님께서 얼마 전에 쓰러지셨는데, 1년 동안 병원에서 재활 치료를 받고 한국의 대학교수님으로 복직하셔서 아직도 편찮으신 교수님을 돕고 싶어서 왔다고, 건장한 청년의 눈에서 감사와 안타까움의 눈물이 소리 없이 뚝뚝 떨어지고 있었다. 옆에 있던 우리도 다 같이 감동해서 눈시울이 벌겋게 달아올랐다. 우리를 이렇게 감동하게 하는 그분을 존경 안 할 수 있겠는가! 그 교수님은 다음 날부터 삭막한 우리 마음에 무지개를 그려주었고, 아름다운 향기를 전해주는 전령사로 다가왔다. 그날 감동을 전해 준 가이드 친구는 1기 명예회원으로 인정하여 우리도 같이 교수님을 존경하고 모시자고 약속을 나누었다.

우리 1기 학우들이 대학원 졸업을 하자, 교수님은 한국의 교수직을 그만두시고 가족이 있는 일본으로 다시 가셔서 일본 국립대학 교수로 재직하시게 되었다. 가이드 청년은 교수님이 지켜준 아가씨와 결혼하여 아기 아빠가 되었다. 교수님을 주례사로 세웠으니 일본에서 제자의 결혼을 위해 오셔서 1기 학우들과 행복한 회포를 나누었다.

해마다 스승의 날이면 제일 먼저 찾아가는 1기 명예회원과, 내가 진심으로 존경하는 교수님께 안부를 전한다.

미국 유학을 마치고 돌아온 아들이 업무능력을 위해 일본에서 어학연수를 어디로 선택해야 할지 고민하는 것을 들으시고 교수님께서는 일본어학원을 이리저리 상담해보시고 알선해주셨다.

아들에게는 일본에 계신 부모님 같으신 분으로, 든든한 후원자가 되어주셨다.

인생은 돌고 도는 것처럼, 명예회원 가이드 친구는 일본으로 발령을 받아 동경에서 6개월 동안 우리 아들의 형이 되어서 또 한 명의 든든한 버팀목이 되었다. 교수님께서는 동경에 있는 아들에게 전화로 후쿠오카로 와서 일주일 방학하는 동안 놀다 가라고 초대를 했고, 가이드 명예회원과 같이 교수님 댁을 방문했다.

아들은 2박 3일로 교수님댁에 머물면서 교수님을 비롯해 사모님과 딸들이 가족처럼 따뜻하게 대해 주시고, 교수님께서는 정성껏 한국음식을 손수 해먹이시고, 이곳저곳 구경을 시켜 주시고 자식처럼 아껴주셔서 감동 그 자체였다고 한다. 동경으로 돌아가려는 아들에게 몇 번의 거절에도 봉투를 내밀어 어쩔 수 없이 용돈을 받아왔다고 한다. 교수님께 용돈 받는 것은 처음 있는 일이니, 그것도 엄마의 교수님께서 마음을 주신 것이다.

교수님의 세심한 배려가 사랑을 낳고, 아름다운 세상을 만들면 잔잔한 감동은, 또 다른 이에게 베풂으로 답하고 사랑을 전하니 이것이 진정한 행복이다.

지금은 일본에 계셔서 자주 소식을 전하지 못하고 살고 있으나, 따뜻한 마음은 두고두고 아름답게 간직하고 있다. 일본 어학연수를 마치고 온 아들이 엄마의 교수님 인품에 자신도 제일 존경하는 분이라고 하니 엄마의 마음에 꽃피는 기분이다.

어느새 대학원에 20기 후배가 들어온다. 세월이 흘러도 잔잔한 호수에 내리쬐는 햇살처럼 반짝거리면 마음을 훈훈하게 적셔준다.

석사학위를 받은 것도 행복했지만 좋은 인연으로 뵙게 된 나의 교수님! 오늘도 생각나게 하시는 허 교수님 감사합니다!

봄이 준 보물

어느새 봄이 창가에 있는 새싹에게 찾아와 속삭인다.

외출하기 좋은 날씨니 나에게 전해 주라고 한다.

상쾌한 마음으로 도심의 가로수를 걸으니 벚꽃이 흐드러지게 분홍빛 눈을 휘날리고 있었다. 성질 급한 개나리는 나를 기다려 주지도 않고 노란 꽃이 초록 잎의 깜찍한 옷을 갈아입고 있었다. 봄을 따라 나온 다양한 꽃들을 보니 겨우내 움츠렸던 가슴을 펴고 활동할 힘이 솟아났다.

나는 봄기운을 충전 받아 변화를 시도했다. 7년 전 목동으로 이사와서 아이들의 학교문제로 꼼작 않고 이곳에서 살았다. 이사 올 때 초등학생이던 둘째가 이제 대학입학을 하게 되어 바로 이사할 준비를 진행했다.

이사를 한다고 막상 생각하니 치러야 할 여러 가지 일들이 기다리고 있었다. '묵은 많은 짐을 어떻게 분리해서 정리정돈 할 것인가?' 엄청난 시간과 노력을 투자해야 하니 가장 큰 숙제인 셈이었다. 낮에는 직장에 출근하고 주말에는 행사계획이 짜여 있어 밤에 짐을 하나씩 정리하기로 했다. 짐이 서랍에 들어가 있을 때는 집안이 깔끔했다.

그 짐을 정리하려고 방바닥에 쏟아 부어놓고 보니 온갖 것들이 즐비하게 나왔다.

그냥 싹 쓸어버리고 싶었지만 혹시 그중에 포함되어 있을 중요한 무엇 하나라도 버리게 될까 봐 마음을 다져 먹고 차근히 챙겨 보기로 했다.

그 속에서 아이들이 꼬마이던 때 사진들이 나왔다. 모래 장난을 하고 노는 두 살배기 예쁜 어린 공주가 어느새 어엿한 여대생이라니 감회가 새로웠다. 오빠라고 동생을 괴롭히던 아들은 제대 말년의 씩씩한 군인이 되었다. 초등학교 시절 엄마가 돌봐주지 못해 항상 서운했다던 아이들이 이제는 엄마와 같이 있을 시간도 없을 정도로 제각기 바빠졌다.

서랍 속에 뒹구는 카세트테이프 위에 가족이라는 단어가 쓰인 것을 보고 무언가하고 틀어보았다. 거기에는 돈으로도 살 수 없는 소중한 보물이 들어 있었다.

누구나 자기 나름대로 품고 있는 보물이 있다. 그 보물은 금은보화일 수도 있고 아끼는 물건이나 소중한 편지일 수도 있다. 때론 가슴속에 간직한 아름다운 추억의 보물도 있다. 남들이 보면 하찮은 것인데 자신에게는 어느 것과도 바꿀 수가 없는 샘물처럼 맑게 퍼져 행복감에 젖게 해주기 때문이다.

어린애들을 키울 때 남들은 비디오 동시 촬영을 해주었지만 먹고 사는 데 급급하여 제대로 된 사진이 없어서 학교에서 가족사진 가져오라면 곤혹스러울 때도 있었다. 더군다나 목소리는 간직할 수도 찾을 수도 없는데, 지금은 변성기를 지나 음성이 변해 어린 꼬마는 상상도 안 되는 아이들의 목소리였다. 그 속엔 큰애 아들은 5살인데 글을 더듬더듬 읽어나갔다. '아기 돼지 삼 형제' 이야기는 옛날에 내가 많이 읽어 주었던 동화책으로, 아들이 엄마에게 자랑하려고 읽던 모습이 아련히 생각났다.

잠시 생각에 잠겨본다. 연극을 보여 주기 위해 작은애는 포대기로 업고 큰 애는 걸어서 부천문화회관은 찾아 '아기 돼지 삼형제' 연극을 보여 주었다. 큰애는 꿀꿀이 아기 돼지를 보고 깔깔 웃었지만 꼬마 딸은 분장한 늑대를 보고 펑펑 울고 무섭다고 나가자고 야단했다. 그 모습이 떠올라 20년 된 지금도 그 이야기에 웃음이 나온다.

세월의 흔적에 때로는 아픈 상처가 묻어있고 때론 아름다운 추억이 스며있다. 오늘이 힘든 이들에게는 어제를 버텨온 저력으로 오늘을 살 수 있으며, 외롭고 쓸쓸한 이들에게는 고이 간직하고픈 추억을 한 올씩 한 올씩 되감으면서 좋은 기억의 약을 먹고 살아 움직인다.

친정아버지의 갑작스러운 죽음으로 친정엄마는 갑자기 늙은 할머니가 되어버렸다. 친정엄마가 50대 후반일 때의 아름답고 고음인 소프라노 노랫소리가 낡은 테이프에서 흘러나온다. 아, 세월의 아픔이 절절히 가슴을 적시도록 노래하는 저 아름다운 목소리는 나에게 과연 보물이다. 맑은 노랫소리는 세월의 연민을 느끼게 한다. 세월이 더 이상

다가오지 못하게 붙잡아 드리고 싶지만 어느새 석양빛에 노을이 너무나 붉게 타서 산을 넘어가는 것 같아 가슴이 아프다.

봄의 선물로 푸른 새싹이 뾰족이 얼굴을 내민 게 엊그제 같았는데, 어느새 푸른 녹음으로 변한 청년기에 든 나의 자녀들은 봄을 지나 여름으로 가고 있다. 그 녹음이 이제 그늘이 되고 추위도 바람도 막아 주는 울창한 나무가 되었으니 보물 중에 최고의 보물이 아닐까!

활발한 봄기운으로 이사를 해놓고 군인 아들이 휴가 오면 가족 모두 봄이 선물한 봄꽃 향기를 마음껏 느끼는 시간을 가지리라.

간장 종지와 스테인리스 밥그릇

아침에 눈을 뜨니 남편이 주섬주섬 가방을 챙기기 시작한다.

골프채는 이미 차 트렁크에 싣고 다니니, 옷 가방만 챙기면 되는 것이다.

"나 오늘 골프 갔다가 자고 내일 올 거야."

요즘 따라 자주 골프를 나가는 남편이 내게 미안했는지, 출발하기 직전에 통보를 하고 떠났다. 평소에는 며칠 전에 골프계획을 말해주었다. '간 큰 남자가 이렇게 뱃심이 두둑하다는 말인가.'

아침 공기에 불을 붙이는 심정이다. 선풍기로 기분을 말리고 싶었다. 서운한 마음에 멍하니 식탁에 앉아 있었다. 나이가 드니 갈수록 외롭다는 생각인데, 나 먹으려고 아침을 차린다는 것은 귀찮아서 식탁 위의 비스킷이 아침으로 낙찰되었다.

사무실에서 점심 식사 후에는 꼭 커피 한잔을 하지만, 집에서는 거의 커피를 마시는 일은 없는데 오늘은 기분이 달랐다. 커피에 비스킷을 찍어 먹으면 맛있겠다는 생각이 서운함을 조금 가라앉히게 하고 기분을 전환해주었다.

나 혼자 먹는데 그릇 하나라고 덜 씻으려고, 어젯밤에 약 먹을 때 썼던 물 대접에 커피를 탔다. 아무렴 어때. 나 혼자 있는데 분위기라 할 것도 없이, 그래 커피를 찍어 먹는 데는 넓어야 좋은 것이야. 커피의 향이 느껴질수록 내 마음은 조금씩 밝아지고 있었다. 커피를 대접에 넣고 휘젓는데 갑자기 나의 뇌리에 떠나지 않은 40년이 더 지난 영상이 나를 찾아왔다.

초등학교를 졸업하고 여학생만 생활하는 여자중학교에 입학하게 되어 신나고 즐거웠다. 3월에 입학하고 나면 4월 신학기에는 가정 방문이라는 행사로, 담임 선생님이 집집마다 학생들의 집을 방문하게 되는데, 그때는 선생님께 무엇을 대접할까 하고 엄마들이 고민했다. 마침내 담임 선생님이 우리 집에 오시게 되었다.

담임 선생님은 약하다 못해 병약했다. 매일 손수건으로 입을 막고 다니시던 모습이 훤하다. 가녀린 몸매에 작은 체구, 창백한 얼굴이 병약한 모습 그 자체였다. 차라리 초등학교를 금방 졸업한 우리들의 체격이 더 좋았던 것 같았다.

엄마는 담임 선생님이 오시자 무엇을 드릴까 고민하다가, 밥상에 아버지의 스테인리스 밥그릇과 스테인리스로 된 간장 종지를 들고 오셨다.

'이게 무얼까?' 엄마가 가까이

오기 전에는 무엇인지 알 수 없었지만 이내 커피라는 걸 알게 되었다. 순간 '이게 무슨 일이람?' 생각하고 있었는데, "선생님, 커피를 간장 종지로 떠서 마시면 됩니다." 이렇게 엄마가 말씀하시는 것이다.

커피잔이 없어도 그렇지, 우리 집이 조그마한 슈퍼마켓을 해서 음료수 컵은 많이 널려 있었지만 엄마는 '커피가 귀한 것이다.'라고 생각하고 스테인리스 밥그릇에 가득 담아오셨다. 엄마는 딸 입학식에도 못 가보았으니 잘 부탁한다는 의미로 아버지 밥그릇에 지금 생각하면 커피 분량이 5인분 이상이었다.

몇 집을 가정 방문하고 마지막쯤에 우리 집에 오셨는데 특대라도 너무나 큰 스테인리스 밥그릇이었다. 나의 담임 선생님은 간곡한 엄마의 권유를, 뿌리칠 수 없는 순수한 마음으로 받아들이는 것 같았지만, 얼마나 속으로 웃기고 기가 찰까 생각되었다.

우리 엄마는 절대로 그릇을 산다거나 새로운 부엌살림에는 전혀 투자할 줄을 몰랐다. 싸구려 커피잔 하나 없었을까, 라는 의문이 들고 속으로는 창피하고, 겉으로는 고개를 들 수가 없었다.

담임 선생님이 커피를 간장 종지로 떠서 마셨던 그 이후에 나의 학교생활에서 나는 너무나 어려운 가정의 여학생으로 인식되었다. 사회시간에 백지도라는 부교재 몇백 원 하는 학습지도를 담임 선생님은 못 사게 해서, 나는 습자지를 올려놓고 사회책을 일일이 베껴서 우리나라 지도를 그리는 달인의 경지까지 가게 되었다. 엄마가 힘들게 가정을 꾸려나가는 걸 보고 담임 선생님은 돈 한 푼도 헛되이 못쓰

게 하셨다.

사실 그때 우리 집은 집이 두 채였는데, 큰 홍수를 당해 멋있게 지은 이층집이 무너지는 바람에 수재민으로 임시거처에 살기도 했지만, 그렇게 힘들지는 않았는데도 선생님의 가정 방문 이후 나는 너무나 가난한 집의 딸로 인식되었다. 나의 엄마는 호주머니에 돈이 들어가면 쓸 줄을 모르고 모았다가 주위 힘든 일가친지들에게 쌀을 사주고 연탄도 사주고, 30년 전에도 어려운 친지분들에게 10만 원씩 주었다.

우리는 남들이 보면 최하위층의 사람, 떨어진 고무장갑을 묶어서 쓰고, 커피잔도, 걸레도 없는 기본을 갖추지 못하는 생활을 하는 사람으로 보였을 것이다. 그러나 나의 엄마는 그런 것은 문제가 안 된다고, 평생을 다 떨어진 러닝으로 걸레로 사용하셨다. '여중 시절에 겪은 커피잔의 충격이었을까.'

엄마는 새로 사는 살림에 관심이 없었으므로 아버지 생신날 나는 가장 멋있는 커피잔을 선물로 해드렸다. 그 커피잔에 커피를 타서 가져가면 우아한 분위기와 고급스러운 운치를 더해주는 것 같아서, 커피를 타는 우리도 행복했었던 순간들이었다. 아버지께서는 최고급 분위기로 커피를 마셨는데 이제는 곁에 계시지 않은 것이 안타깝다.

엄마는 5남매가 골고루 잘 살아야 한다고 임대 월세소득과 자식들이 준 용돈이랑, 연금이 나오면 구슬을 꿰듯이 목돈으로 만들어서 이 자식 저 자식에게 나누어 준다. 당신은 아까워서 몇천 원도 못 쓰는 나의 엄마를 보면 답답하고 불쌍한 마음이다.

일찍 부모님을 여의고 힘들게 외로운 세상을 살아오신 나의 엄마는, 자신이 아껴야 남을 도울 수 있다고 생각하시니 오로지 희생과 헌신뿐이다. 누릴 수 있을 때 마음껏 누리셨으면 좋았을 텐데, 엄마를 두고 서울로 돌아오는 기차 안에서 앙상하게 야윈 엄마의 모습이 떠올라 마음이 무거웠다.

그러나 이제는 그런 어머니마저 하늘나라 아버지 곁으로 떠나가셨다. 돌아가신지 2년, 아직도 나의 가슴에는 멍울의 슬픔이 가득 차 있다. 창밖을 내다보니 땅거미가 어둠을 몰고, 구슬픈 하늘에서 엄마의 아쉬운 눈빛이 내려와 있다.

관심과 정성

우리는 살아가면서 행복할 때가 누군가가 나를 기억해 주고, 챙겨주고 사랑해 준다면 살아가는 원동력이 된다. 자살하려고 마음먹은 사람에게 한 사람이라도 손을 내민다면 다시금 생을 되돌아볼 수 있게 된다. 외롭고 쓸쓸하여 아무도 내 곁에 없고 절망적이고, 희망이 좌절되는 감정으로 인해서 극단적인 선택을 하는 사람을 많이 보았다. 예전에 어머니들은 아버지와의 불화 속에서도 자식들이 걱정되고 눈에 밟혀서 도망도 가지 못하고, 죽지도 못하고 살았다고 하는데 이제는 아닌 것 같다. 신변 비관과 경제적인 비참함을 느끼고 가족과 동반 자살했다는 뉴스를 매체를 통해 자주 접한다. 어린 자녀는 선택의 자유도 없이 부모님의 선택에 따라 생(生)과 사(死)를 가름하게 된다. 주변에 이렇듯 가슴 아파하는 자들이 있다면 우리 자신들이 작은 관심으로 지켜봐야 할 것 같다. 그들에게 행복을 느끼게 하는 희망의 심지가 되어 뜨거운 마음에 생(生)을 선택하도록 도와줘야 할 것 같다. 마음을 위로하기 위해서는 그 아픈 사람의 마음을 읽어주고, 들어만 주어도 감동으로 삶이 희망적이게 된다. 관심과 사랑은 외로운 사람에게는 보약이 되고, 건강한 사람에게도 엔도르핀을 생성하게 하여 삶을 기운차게 돌려주는 역할을 하는 것이다.

꽃으로 압화(押花)를 하는 여인이 나에게 시계와 팔찌를 만들어 놓았다면서, 바빠서 갖다 줄 시간이 없어 몇 개월이 흘렀지만 나에게 만나자고 연락을 해 왔다. 그 여인의 슬픔을 알고 있는 나 자신은 가막살이 꽃으로 만든 시계를 보는 순간, 감동과 세월의 아픔을 삭이며 만든 작품이라 마음이 애잔했다.

꽃의 의미는'죽음보다 깊은사랑'이라고 이 꽃을 너무 좋아해서 꽃잎을 말려서 작품을 만든다고 한다. 손에 잡히지도 않으니 얇은 꽃잎을 핀셋으로 조심스럽게 다루어야 하는 고난도 기술이 필요하다. 그 작은 꽃잎을 말리고 예쁘게 꽃잎을 하나하나 붙여서 방수처리로 가공하여 손목시계 줄을 만든 것이다. 시간을 조금씩 할애해서 작품을 만들다 보니 반년 이상 걸려서 작업했다고 한다. 세월의 슬픔을 녹여서 정성으로 만든 작품이라 돈으로 살 수 없는 이 세상 하나뿐인 시계이다. 눈물이 날 정도로 마음이 찡하여 그 여인의 아픔을 닦아주고 싶었던 마음이 여전히 남아 있었다.

그녀는 정말 여성스럽고 작은 체구에 앙증맞은 어여쁜 여인인데 어느 날 미망인이 되었다. 남편이 간암 말기라 죽음을 예고는 했지만 어린 중학생인 자녀 2명을 두고, 사업을 하던 남편이 생각보다 빨리 저 세상으로 떠났다. 40대 초반에 혼자 된 가녀린 여인이 어찌 일을 감당할지 지켜보는 나도 안타까웠다. 그녀는 외롭고 슬픈 사람인데 슬퍼할 겨를이 없었다.

남편이 너무 잘해 주었기 때문에 그때를 생각해서라도 다른 마음을 먹을 수가 없었다 한다. 남편 앞으로 든 보험금으로 병원비와 장례비를 계산하고 나니 돈이 남아서 가장 소중한 곳에 쓰고 싶었는데 무엇을 할까, 고민했다고 한다. 그녀는 남편이 자신에게 남겨준 선물이라 생각하고 꽃을 좋아해서 조경과를 택해 야간 대학원에 입학하고 등록금으로 쓰기로 했다.

낮에는 사무실에 나가고 밤에는 남편의 허전한 빈자리 대신에 공부했는데 그곳에서 강의에 집중하며 세월의 아픔과 슬픔을 잠재웠다. 세월이 약이라 했던가. 중학생 아들이 장성하여 일찍 결혼하여 울타리가 되었고, 우리는 대소사를 챙기면서 서로 안부를 주고받았다. 힘들지만 건강 잘 챙기고 씩씩하게 견뎌내라고 그게 살아남는 법이라고 가끔씩 위로도 하고 말벗도 되어 주었던 것밖에는 도와줄 게 없었다. 험난하고 모진 세월을 잘 이겨냈음에 감사한데, 작품시계를 선물을 받으니 저절로 시가 나왔다.

세월을 엮어서 외로움을 달래고 슬픔을 녹여서 만든 꽃시계와 팔찌를 보면서 그녀의 삶에 등을 토닥여주었다. 십 년을 이겨낸 그녀가 사랑스러웠다. 눈물과 외로움을 엮어서 만들어준 꽃시계와 꽃팔찌는 그녀의 정성으로 나에게 감동을 주고 내 삶에 기쁨으로 안개처럼 모락모락 피어올랐다.

한 달이 지난 후 나에게 또 다른 감동의 사나이가 나타났다. 지인이 알고 있는 사장이었는데 우연히 사무실에 따라가게 되었다. 자신의 사업에 관한 이야기를 듣다가 사투리를 많이 쓰니 고향이 어디냐고 물었다. 만난 지 10분 만에 자신의 고향과 같다는 이유로 누나라고 바로 호칭을 바꾸어서 부르기 시작했다. 서울로 올라온 지 20년 만에 누나라고 부르는 사람이 나타났다고 좋아했다. 사업적인 관계가 아니고 순수한 인연으로 진실함이 묻어있었다. 그날 저녁때 고향 누나라는 이유로 일행과 같이 갈비구이집에서 기분 좋게 나는 저녁을 샀다. 전화번호를 주고받고 나이 한 살 적은 사장은 누나라고 신바람 나듯이 불러 행복하기만 했다.

다음 주에 전화가 왔다. 고향 가는데 누나가 심부름시킬 게 있냐고 연락이 왔다. 친정엄마가 고향에 살고 있는 걸 알고 모친 만나러 간다고 전달할 심부름이 있는지 물어왔다. 누나 전화 목소리만 들어도 고향의 포근함을 느껴 행복하고, 누나라고 부르니 기분이 좋아서, 힘이 난다고 좋아하는 고향 동생을 보면 뜨거운 웃음과 감격으로 마냥 즐거웠다.

며칠 후 아침에 출근하니 우리 회사로 고향에서 가져온 생멸치 조림과 쌈밥을 엘리베이터에 실어놓고 갔다고 문자가 왔다. 출근이 늦다는 직원의 안내에 나를 만나지도 못한 채 돌아갔다고 한다. 70명 이상을 거느린 대표이사가 고향 누나라는 이유로 고향 음식을 갖다 주려고 왔다니 너무 감동적이었다. 출근하기도 바쁜데 우리 회사에 들러서 누나를 챙긴다고 다녀간 그 정성과 마음에 감탄했다.

바쁜 출근 시간에 고향의 맛을 느끼라고 선물로 주고 가는 그 멋진 신사에게 어찌 감사하지 않을 수 있을까. 그날 행복한 아침으로 문을 열어주고 간 고향 아우가 고마웠다. 마음으로 펼쳐준 작은 정성이지만 마음은 커다란 풍선처럼 부풀어 오르고 뿌듯했다. 깊은 감동을 만끽하는 나의 하루가 활짝 핀 꽃처럼, 싱싱한 하루를 보냈다.

해외여행을 다녀와서 지친 누나에게 구이 한판에 육해공군을 모아서 구워 먹는 맛있는 음식점에 모시고 싶다고, 나의 일정과 시간에 맞춰 우리 일행을 초대했다. 훤칠하게 생긴 멋있는 신사가, 작은 체구에 수더분한 나를 알뜰살뜰 챙기며, 언제든지 누나 먹고 싶은 것은 마음껏 사드리고 싶다고 한다. 우연한 만남의 인연에서 관심과 정성으로 챙기는 그가 있어서 삶에 기쁨을 샘물처럼 솟아나게 하듯이 힘이 넘친다.

오늘도 행복을 주는 그들이 있어서 세상은 아름답다. 찬란한 은물결처럼 반짝거리며 아름다운 인연으로 가슴에 살포시 내려앉는다.

명태

푸른 잎들이 어느새 여러 가지 색동옷으로 많이 바꿔 입기 시작했다. 짙은 가을을 타는 것일까?

가을이 주는 쓸쓸함에 못 이겨 북적대는 도심을 벗어나 '조용한 곳에 하룻밤 머물고 오리라.'고 마음먹고 어느 곳 목적을 정하지도 않은 채 친구랑 기차여행을 떠났다. 모든 복잡한 생각은 접어두고 자연이 변하는 모습만 느끼고 싶었다.

누런 황금벌판을 바라보면 마음이 넉넉해지고 풍성해진다. 다양한 생각과 삶의 의미를 제대로 느끼고 싶었다. 빠르게 움직일 필요가 없어서 조그만 간이역일지라도 정차해주는 무궁화 열차를 탔다. 우리는 인적이 드문 경상도 어느 시골 간이역에 내렸다.

추수하여 묶어 놓은 볏단과 주홍빛으로 물들어가는 감나무와 길가의 코스모스를 보니 도시가 고향인 우리에게도 옛 추억의 고향처럼 느껴졌다. 한산한 시골 역이라 사람이 몇 사람 내리지도 않았다. 내린 사람들을 보니 나이 드신 할머니가 대부분이었다.

깊어가는 가을이어서 그런지 산골인 보이는 시골의 오후는 해가 빨리 저무는 것 같았다. 초저녁이지만 시골은 추워지는 속도도 빠른 기분이 들었다. 스산한 바람을 피해 허름한 식당이라도 찾아 들어갔다. 몸에 온기를 느끼고 싶어 몇 가지 없는 식당 메뉴를 살펴보았다. 허기를 달래기 위해 명태찌개를 주문했다. 찌개와 따뜻한 밥은 최고의 궁합이라 주문하고 나서 나도 모르게 추억에 잠겼다.

왜 어른들은 생선 대가리를 좋아할까? 어릴 때 밥상에 생선이 나오면 엄마의 반찬은 무조건 생선 대가리만 잡수셨다. 왜 생선 대가리만 드시냐고 하면 '엄마는 이게 제일 맛있어.' 이렇게 말씀하셨다. 특히 명태 대가리를 좋아하신 엄마한테 내가 커서 명태를 사면 몸통은 내가 먹고 대가리만 모아서 한 상자씩 갖다 드려야겠다고 생각했다. '명태 대가리의 아가미 부분은 시원하고 고들 해서 맛있다.'라고 하니, 엄마는 생선 대가리만 좋아하시는가 보다 하고 인식하게 되었다.

어느새 얼큰한 명태찌개와 새하얀 쌀밥이 시골에서 맛볼 수 있는 밑반찬과 함께 나왔다. 찌개 냄비에 앞 접시, 국자 이렇게 나왔는데, 명태 대가리를 보니 또 한 사람이 생각났다. 전에 김 교수님과 함께 식사한 적 있었다. 내 곁에서 명태찌개를 먹으며, '명태 대가리는 여기다 담아 줘요.'라고 말씀하시며 접시를 내밀던 그분이 명태찌개를 마주한 지금 다시 떠올랐다.

어릴 적에는 부모님과 생선을 먹었다. 결혼하고 나서 늦깎이로 사회복지 관련 공부할 때 주말이면 강의 오시는 교수님과 제자들은 주로 학교 옆 작은 식당에서 명태찌개를 시켜 함께 식사했다. 그때 교수님께서는 몸통 부분은 우리에게 덜어주시고 명태 대가리는 모두 다 당신께서 잡수신다고 달라고 하시곤 했다.

공부를 마칠 때까지 여러 번 식사하러 그 식당에 갔다. 과대표를 맡은 나는 교수님을 챙겨 드린다면서 "교수님 명태 대가리 여기 있어요." 하고 꼭 명태 대가리는 교수님 냄비에, 혹은 그릇에 매번 담아 드렸다.

정말 어른들이 생선 대가리를 최고로 좋아하는 건 아니었다는 사실을 알게 된 것이 불과 몇 년 전이었다.

사회복지 수업이 끝난 다음 나는 매번 가던 식당에 다른 교수님과 가게 되었다. 명태찌개를 시켜놓고, 예전의 버릇처럼 명태 대가리를 챙겨 드리려고 하는데, 그 교수님이 사양하시는 것이었다. 그때서야 모든 어른이 다 생선 대가리를 좋아하는 게 아니라는 것을 깨닫게 되었다.

엄마와 김 교수님은 우리에게는 가시가 없는 살코기를 먹게 하려고 생선 대가리를 좋아한다고 했던 것이었다. 정말 좋아하시는 줄 알고 명태 대가리를 제일 먼저 챙겨 드렸던 나는 그분들에게 무척 죄송한 마음이 들었다.

요즘 엄마들은 자식들을 많이 키우지 않으니 자식에게 주려고 애절하게 생선 대가리만 자기가 먹는 시대는 아닌 것 같다. 생선가게에서 아예 손질해서 생선 대가리는 집에 가져가면 귀찮다고 생선가게에 버려두고 오므로 가정 식탁 위에 생선 대가리는 보기가 힘들다. 어려운 시절 많은 남매를 낳아 자식 때문에 희생과 인고의 세월을 보낸 어머님 시절과 지금 세대는 많은 차이가 난다. 조금만 의견이 맞지 않아도 어린 자식이 있지만 부부가 쉽게 헤어지는 것을 보면 인내하는 마음과 이해와 희생이 부족하지 않나 생각된다.

추운 겨울이면 더욱더 교수님이 생각나는 것은 제자들을 사랑하시던 부모님과 같은 애틋한 마음 때문이 아닐까 싶다.

이제 내가 엄마가 되어 자식들을 손아귀에 벗어날 만큼 키워 놓았다. 큰애는 멀리 공부하러 떠나고, 작은애 역시 대학 입학 새내기로 바쁘게 움직인다.

남편은 운동을 좋아해서 주말이면 떠나고 텅 빈 거실에 나 혼자 있는 것보다는 친구와 이렇게 마주한 자리에 얼큰한 찌개를 시켜놓고 정담을 나누는 이 순간이 좋다. 지나온 추억도 먹고 앞으로 살아가야 할 추억도 만드는 것이 행복한 시간이다.

중년의 우리도 이렇게 쓸쓸한데 다 키워 시집 장가를 보내고 혼자 계신 우리 엄마는 가을이 더욱더 외로울 것이리라.

여름이 좋았던 이유도 해가 길어서 많은 사람이 활발하게 움직여서이다. 찬바람이 불기 시작하면 어깨를 움츠린 채 모두 자기네 집에 돌아가기가 바쁘다. 가정에 돌아오는 이 없이 혼자 계시는 엄마는 가을과 겨울에 밤이 더 길어지니 외로워서 더 이 계절이 싫으실 거다. 오늘 밤은 시골 민박집에서 친구와 자고 내일은 엄마를 찾아 창원에 가자고 친구와 의논한다.

김 교수님과의 인연은 20년이 되어간다. 많은 세월이 지났는데도 여전히 잊지 않고 주일 아침마다 말씀과 안부를 메시지로 몇 년째 보내주셔서 내게는 어버이 같으신 분이다. 멀리 완도에서 광주에서 서울로 다니러 오셔도 제자들에게 힘들게 할까 봐 연락도 안 하신다.

목사님이신 김 교수님은 늘 모두 건강히 지내라는 말씀과 함께 새벽마다 기도해주시며 부모님 같은 마음으로 '건강 잘 챙기고 사업 잘하라.'라고 문자를 보내 주신다.

제가 별로 해 드린 것 없는데, 변함없는 사랑으로 제자를 지켜 주심에 매우 감사드린다. 이번엔 서울 오시면 꼭 찾아뵙고 얼큰한 명태찌개에 몇 년 동안의 회포를 풀리라.

여러 사람과 부딪혀야만 지나온 분들의 깊은 사랑과 아껴주심을 느끼게 되는 느림보 깨달음이라고나 할까? 두 분의 사랑에 마음이 넉넉해진다.

꼬마 장남의 책임감

길가에 핀 꽃들이 아름답지만 꽃보다 더 사랑스러운 꼬마 장남을 보았다.

꽃도 온실에서 잘 가꾸어 판매용으로 나가는 화려한 꽃들은 보기에 아름답지만 환경에 변화가 생기면 금방 시들거나 죽게 된다. 길가에 뿌리지도 않은 야생화는 어디서 씨앗이 날아왔는지 돌 틈에서 핀 꽃은 생명력이 대단히 강하다.

한겨울 얼음 속에서도 노란 얼굴을 내민 복수 초를 볼 때면 무언의 희망을 주는 메시지에 활력과 사랑스러운 느낌을 주어서 특히 좋아하게 되었다.

며칠 전에 집 근처에서 책임감이 강한 가족을 보게 되었다. 임시로 월세를 얻어서 장사하는 그야말로 처녀, 총각 같은 모습이었는데, 갑자기 어린 꼬마가 뛰어와 젊은 아가씨에게 엄마라고 부르면서 화장실 가고 싶다는 성화였다. 그 곁에는 더 작은 꼬마 세 살배기 남동생이 곁에서 칭얼거리며 '엄마 잠 온다. 빨리 집에 가자.'라고 눈을 비비면서 투정을 부렸다.

젊은 아가씨인 줄로만 알았는데 두 아들을 둔 아기 엄마라는 게 놀라웠다. 총각 같은 사람은 그녀의 남편이었다.

"어머, 아가씨인 줄 알았는데 놀랍네요."

궁금하여 내가 말을 던졌다.

"네 제가 결혼을 일찍 해서 애기가 둘입니다."

어린 부부는 다섯 살쯤 보이는 큰애랑 세 살쯤 보이는 어린아이를 먹여 살려야 하는 책임감으로 무슨 일이든지 해야 한다는 사명감이 컸다.

어린 부부는 맡길 곳이 없는지, 아기 둘을 데리고 와서 길거리에 양말과 속옷을 내놓고 장사라도 해서 살길을 찾아야 한다는 절실함에 한 달 계약에 작은 가게를 빌렸다. 하지만, 가게 안을 들어오는 사람은 없었다. 아직도 앳된 아빠는 길거리 지나가는 사람에게 물건을 사라고 외쳐보지도 못하고, 사려는 사람만 기다리고 있었다. 젊은 연인이 아기가 생겨서 책임감을 느끼고 부부가 된 모습이 척 봐도 알 듯했다.

임신했다고 사귀다가도 헤어지는 책임감 없는 젊은이들 속에, 어린 나이에 부부로 산다는 게 대견스러워 보였다. 칭찬해 주고 싶었다. 삶의 의지력이 아이들을 환하게 웃게 만들어 주었다. 젊은 부부가 잘생겼는지라, 해맑은 두 아들이 꼬마 연예인급으로 정말 잘생겼다. 자신들도 어려서 하고 싶은 것도 많을 텐데, 자식이 있으니 잘 먹이고 가르쳐야 한다는 책임감이 그들의 삶의 목표가 된 것이다.

나는 살 것도 별로 없지만 편하게 입는 바지를 만 원 주고 사고 있었다. 어린 아내는 하나라도 나에게 더 팔기 위해서 이것저것 보여주었는데, 남편은 길거리 쪽에 내놓은 양발과 속옷을 챙기고 있었다.

문을 닫기 위해서는 밖에 있는 양말과 속옷과 옷걸이를 다 가게 안으로 넣어야 하는데, 다섯 살 장남이 한몫을 하고 있었다. 한참 떼쓰면서 어리광부릴 나이인데도, 어엿하게도 아빠를 거들어 주고 있었다. 떨어진 양말을 합판에 주워 담고, 옷걸이를 까치발로 들어서 걸어두는 아이의 모습은 가장의 모습 그 이상이었다.

큰 합판에 깔아놓은 양말이 쏟아지지 않게 둘이서 들어야 하는데, 아빠가 다섯 살 아들을 보고 같이 들자고 했다. 그 꼬마 장남은 아빠가 시키는 방법대로 넓게 닿지도 못하는 고사리 같은 손으로 '아빠 이렇게 들면 됐지.' 하고 금방 쏟아질 것 같은데 평형을 유지해서 합판을 안으로 함께 옮겨 놓는 모습이 대견스러웠다.

한두 번 해본 솜씨가 아니었다. 기특하면서도 현실에 빨리 적응하는 꼬마 장남을 보니 한편으로는 마음이 찡했다. 그러나 아기들에게는 부모가 같이 있다는 것만으로 행복하고, 든든한 버팀목이자 세상에 바랄 것 없는 행복 그 자체였다.

열심히 살려는 이 모습을 보고 아름다운 책임감이라 어찌 칭찬하지 않겠는가.

현실이 힘들다고 내팽개치는 세상살이에 가족이 해체되고 방황하는 청소년이 늘어나고 있다. 예전에 엄마들은 자식을 위해서라도 참고 살고, 자식을 위한 일이라면 어떠한 고난과 역경을 이겨내는 억척스러운 엄마였다.

지금은 부부의 사소한 다툼에도 갈라서고, 자식들을 서로 맡지 않으려고, 자식들에게 눈치를 주니 그들이 진정 설 곳은 어디인가? 힘들지만 각자의 처한 자리에서 자기의 임무를 다하는 자신이 되기를 다짐해본다.

어린 장남 꼬마가 아빠에게 힘을 보태어 합판을 들어주는 모습을 보니, 아이의 환한 얼굴에서 책임감의 향기가 소록소록 피어나고 있었다.

4부
마음

인연

살아가면서 만남의 인연 속에 생의 조각들로 채워져 기억 속에서 자리 잡게 된다.

목적이 있어 만난 인연은 많으나 업무상 협조나 계약이 끝나면 기억만 할 뿐 연락을 하지 않는다. 오랜 친구도 있고 일가친지들도 많이 있으나 긴 세월을 연락도 없이 살다 보면, 서먹하여 전화번호는 핸드폰에 등록되었지만 서로 모른 채 잊고 살아간다.

형제자매도 부모가 살아계실 때는 부모님 계신 곳에서 자주 만나게 되지만, 부모님이 돌아가시고 나니 형제자매라도 멀리 떨어져 있으면 만나지를 않으니 멀어지는 것 같다. 그래서 부모님이 안 계시면 갈 곳이 없고 고향이 없어지는 것 같은 느낌이다.

구심점이 되시는 부모님이 떠나가시고 나면 묶여 있던 매듭이 풀리니, 그냥 각자의 자리에서 일가를 이루며 뿌리를 내려가는 것이리라.

업무상 재무를 관리하다 보니 나는 수많은 은행 담당자와 책임자들을 만나고 헤어지곤 한다. 지난 20년 동안 은행 직원들과의 인연만 해도 무수히 많다. 2년이 지나면 업무 인수인계로 은행 직원들이 바뀌고 그 이후로는 인연은 없어지는 것이다. 인연에 관한 나의 관점은, 서로 자주 만나지는 못하더라도 10여 년 동안 안부를 묻고 서로를 격려하고 챙긴다면 소중한 인연이고 대단한 인연이라고 생각된다.

나와 10년을 넘게 인연을 이어온 은행 책임자는 소중한 인연이며, 직원들이 가장 존경하는 사람이라고 하니 더욱 감사하고 반가운 마음이다. 나에게 소중한 인연으로 다가온 그분이 승승장구하는 소식을 듣거나 인터넷 뉴스에서 만나면 기분이 좋아진다.

중소기업에서는 기술과 융합해서 신상품을 개발하기 위해서는 원활한 자금이 있어야 하고, 회사에서 해외법인설립 후에는 더 많은 자금이 필요하게 된다. 폴란드에 해외법인을 설립한 후에 애로 상황을 상담하기 위해 폴란드 대사관을 찾아가니, 대사관에서는 한국에 있는 국책은행을 소개해주었다.

다행히도 그 은행에서 필요한 큰 자금을 좋은 금리로 대출해주어서 폴란드 법인을 안정시켰으며, 한국 본사에도 운전 자금(運轉資金)을 상담하여 많은 금액의 대출을 받게 되었다. 그 시절 큰 어려움을 풀어주신 은행의 책임자는 힘든 시절에 만난 나의 고마운 은인이다.

대출을 끝낸 후에 경영본부장인 내가 음식을 대접하고 싶다고 요청을 드리니 은행 근처 중국집에서 짜장면을 먹고 싶다는 것이었다. 기업에 부담을 주지 않으려는 그 마음을 알고 짜장면과 탕수육을 시켜놓고 기다리면서 나를 편안하게 해주시려는 마음으로 이런저런 대화를 나누었다. 대화 중에 부지점장님께서 하신 말씀이,

"나이가 저와 비슷한데 초등학교 동창생 하면 어떻겠습니까?"

라고 제의를 했다. 가깝게 친절하게 대하여 주신 그분이야말로 나에게는 정말 감사한 인연으로 다가왔다. 나이는 나보다 한 살 아래로 우리나라 명문대 출신이며 훤칠한 외모에 어느 것 하나 뒤지지 않은 남성이, 선뜻 손 내밀어 편안하게 동창으로 맞이해 주었다. 그날의 새로운 인연은 나를 행복하게 해주었다.

급히 자금이 필요할 때는 은행이 슈퍼 갑(甲)이 된다. 은행의 문턱이 높아 어려움을 느낄 때 대출 결정의 열쇠를 가진 분이 다 해결해주시고, 초등학교 동창이라고는 한 명도 없는 서울에서 나에게 동창생으로 다가왔으니 내 마음에 아름다운 물결이 스며든 것 같았다.

그날로부터 동창생 모임이 결성되어 대출을 담당했던 부하직원 2명과 함께 동창 모임을 횟수로 10년을 넘게 이어오고, 멤버 모두가 한국에 있을 때는 동창회 모임은 30대와 50대 모임에도 불구하고 너무나 화기애애하다. 남들이 보면 가족들이 외식하는 모습으로 비칠 수 있을 정도이다. 안부를 묻고 살아간다는 것은 귀한 인연이다.

부모 같고 자녀 같은 동창 모임에서 몇 시간 동안 이야기해도, 지겨운 줄도 모르고 살아온 인생살이를 경청해주는 그들이 있어서 행복하다. 50대인 우리는 젊은 그들의 애로점을 헤아려 주는 소통의 시간이다.

동창 모임에서 어린 시절 성장하면서 겪은 이야기부터 현재 삶의 이야기 등을 나누다 보면 아련함이 묻어나오고 마주하고 있는 시간이 참 고맙다. 일상의 삶에 지친 심신에 활력소를 불어 넣어 주는 청량한 공기를 만나는 느낌이다.

몇 년의 모임에도 빛바랜 사진처럼 몇 십 년의 세월을 같이해온 초등학교 친구처럼 편안하게 대해 주는 그분이 감사하고, 세대를 뛰어넘는 동창회 친구들이 있어서 너무나 행복하다. 젊은 동창 친구들이 유학 가면 잠시 모임이 중단되고 카톡으로 안부를 묻고 인사하곤 한다. 세월이 지나도 변함없는 인연이 되었다.

세월이 흘러 그분은 최고의 임원이 되셨고, 30대 초반의 직원들은 결혼하여 엄마 아빠로 초등학생을 둔 40대가 되었으며, 동창분과 나는 60대가 되었으니 세월은 흘러가도 인연은 변하지 않은 반석처럼 단단해질 것이다.

나는 경영대학원(MBA)에 입학해서 회계 분석 시간에 우연하게도 그분이 연구한 자료를 가지고 우리 조 모임에서 분임토의를 했다. 그는 우리 교수님의 친구지만 여전히 나에게는 초등학교 동창생이다. 몇 사람만 건너면 다 아는 사람이라고 하는 게 맞는 말처럼 그러기에 우리는 언제 어디서 인연이 엮어질지도 모르는 삶 속에서, 정직하게 도의(道義)를 지키면서 잘살아야 한다는 것을 느낀다.

인연의 손길로 가까이 다가와서 힘을 주었고, 각박한 세상이라지만 따스한 마음으로 용기를 주었고 어려움을 헤쳐 나갈 수 있게 길을 열어주신 분께 감사드린다.

인연이란 참으로 대단하다. 우리가 이사한 후 어느 날, 같은 동네에서 운동하던 그분을 만났다. 같은 아파트에 살아서 이웃 주민이 되니 더욱더 든든했다. 운동하다가 그분의 아내와 같이 만나니 더 가까워질 수가 있었다. 동창분의 아내 역시 훌륭한 아내로서 내조를 잘했다. 우리는 언니, 동생으로 가까워졌고 자녀의 결혼을 앞두고 나보다 나이는 적지만 자문할 수 있어서 좋았다.

요리학원에서 맛있는 거 만들면, 직장 다니는 내가 바쁘다고 나에게 나누어 줄 것 대비하고 요리를 넉넉하게 해서 갖다주었다. 난 과일, 간식 등을 준비해 내려가고, 그 동문의 아내인 동생은 올라와서, 한밤중에 우리는 아파트 단지 중간지점에서 서로 나누어 먹을 것을 가지고 만났다. 마치 〈의좋은 형제〉의 동화에 나오는 주인공 모습과 닮았다. 동문으로 함께하고 언니, 동생으로 가깝게 지내왔다.

서로 의지하고 살아가는 인연은 소중하다. 2년을 이웃 주민으로 살다가 내가 다른 동네로 이사를 떠나던 날, 서로가 무척 서운했다. 그래도 마음만은 변함없이 지지하고 응원하고 있다.

언제나 존경받는 멋있는 동창생과 사랑스러운 아우님과의 인연에 감사드린다.

햇볕을 잘 받은 꽃이 아름답게 피어 튼실한 열매를 맺듯이 좋은 인연을 오래 이어가기를 바라는 마음이다.

부모님의 유훈遺勳

살아가면서 부모님께서 해주시는 많은 소리를 듣고 살아왔다. 자주 반복하여 일깨워 주시는 말씀을 들으며 지내다가 부모님이 돌아가시고 나서 어려움에 부딪힐 때, 부모님 말씀이 생각나곤 했다. 그 말씀을 통해 남겨주신 유훈을 떠올리고 힘을 얻곤 한다. 힘든 순간 우리 부모님이라면 이런 때 무슨 말씀을 하셨을까 하고 고민하기도 한다.

사람은 호흡이 끊어지면 어느새 싸늘한 몸으로 굳어지고 부패하기 전에 냉동고에 입고하여 대부분 3일 안에 장례를 마치고 수습하게 된다. 남은 일은 산자의 몫이고, 슬하의 자식이나 가까운 가족들이 수습하고 나면, 평소 해주신 부모님 말씀은 정신으로 남아 유훈이 된다.

부모님이 많이 배워서 훌륭하시고 높은 자리에서 계셔서 그런 것은 아니다. 살아계실 때 가까이에서 순간순간 나를 지적하시며 일깨워 주시던 말씀이 뇌리에 꽂혀서 기억하며 문제에 봉착할 때마다 떠올리며 지혜를 얻는다.

나의 아버지는 18세에 6·25전쟁에 참여하여 치열하게 전투를 했다. 아버지는 전쟁의 고비마다 죽음 속에서 가까스로 살아남았다. 전쟁

수기를 대필하여 국방부에 보관되어 있는데, 원본 내용은 처절한 전쟁의 실상으로 너무 참혹하고 처참하여 감당할 수가 없었는지라 걸러져서 수록되었다.

수류탄을 막아서 소대를 살려야 한다는, 소대장으로서의 절박한 심정이었던 아버지는 '대(大)를 위해서 소(小)가 희생해야 한다.', '죽고자 하면 산다.' 이 말씀으로 죽음을 초월하였다. 이 말씀은 초등학교 어린 시절부터 시시때때로 누누이 말씀하셔서 귀에 쟁쟁하다.

전쟁을 치르는 동안 많은 전우가 죽어 나가는 모습을 보고, 씩씩하고 용감한 아버지는 죽음을 각오하고 아버지의 소대 앞에 던져진 방망이 수류탄을 주워서 멀리 던지는 바람에 소대가 살 수 있었다고 했다.

죽음을 각오하고 한다면 무엇을 못 이룰까 하는 말씀이었다. 참전하여 직접 겪으신 일이라 그 모든 일이 아버지에게는 여전히 생생한 전쟁의 경험으로 남아 거부할 수 없는 삶의 중요한 핵심이 되었다.

죽기를 각오하면 무서울 게 없으며, 혼자 죽더라도 소대원을 살려야 한다는 사명감으로 소대를 살리기로 한 것이다. 그 사명감으로 아버지께서는 소대를 살리고, 3일 밤낮으로 혼자 수행 업무로 전선을 유리하게 하여, 공로를 인정받아 충무무공훈장과 화랑훈장을 받고 국립묘지에 안장되었다. 아버지는 전쟁을 5년 이상 치렀으니, 전쟁의 지옥에서 생과 사를 다 느낀 분이라 자식인 우리에게 '소가 대를 위해 희생해야 한다.' 그것이 전쟁에서 살아남은 비법이자 삶의 철학과도 같은 말씀이었다.

'소(小)가 대(大)를 위해서 희생되어야 한다.'라는 말씀은 큰딸인 나의 마음에는 내가 크니까 먼저 양보하고, 항상 동생들을 챙겨야 하지 않나 생각했다. 그 마음은 어릴 때부터 강한 이미지로 초등학교 때는 나 혼자 희생해서 마을 전체를 잘살게 하는 새마을 지도자가 되어야겠다는 마음을 갖게 해주었다.

여고 시절에는 반에 간부를 맡았으니 맏언니처럼 학우들을 챙기도록 담임 선생님께서 부탁하셨다. 우리 반에 문제가 생기면 담임 선생님은 집안의 맏이처럼 나를 찾았다. 졸업 후 사회생활에서나 어디에서나 한 사람이 희생하면 주위를 행복하게 할 수 있다는 마음으로 생활해 나갔다.

1998년 IMF가 왔을 때도 국가가 어려운데 내가 무슨 금붙이를 하고 있겠나 생각하여 집에 있는 금을 다 모아서 갖다 주었다. 그게 마음이 편했다. 작은 일이나마 국가를 사랑하는 마음이 우선일 것 같았다. 자신이 조금 손해 보게 되더라도 큰 뜻에 힘을 합하자는 것이었다.

나의 엄마는 힘들 때마다 하는 말씀이 있었다. 좀 억울하고 기가 차는 일이 있을 때는 '내 원수는 남이 갚아 준다.'라고 말해주었다. 처음에는 그 뜻을 잘 몰랐으나 세월이 흐르니까 내가 엄마가 쓰던 말을 하고 있었다. 힘든 일이나 억울함을 당하면 너무 슬퍼하거나 힘들어할 필요가 없다는 뜻으로 상대편 자신도 그렇게 당할 거니까 참고 기다리라는 위로의 말이었다.

가끔씩 배신당하는 일도 있고 이럴 수가 있을까 생각될 때, 엄마의 유훈으로 위로를 받는다. 힘들고 배신이 느껴질 때는 최고의 약이 되는 위로이다.

'내가 한 말 중에 어떤 말이 자식들 마음에 새겨져 남겨질까?'

나는 누누이 말한다. 마음이 편한 게 제일이다. 물질과 육신이 힘든 것보다는 마음이 편한 쪽으로 생활하라고 한다. 나 자신의 마음이 편안한 것이 돈으로 살 수 없는 행복이라는 걸 느꼈기 때문이다.

우리가 마음으로는 들여다봐야 하지만, 몸이 귀찮아서 움직이기가 싫을 때 마음이 편한 쪽으로 행동해야 그게 후회가 없는 일이기도 했다. 내가 금전의 지출로 인해 손해를 보더라도 상대방이 기뻐하고 좋아하는 모습을 보면 내 마음이 편하다는 걸 알았다.

며칠 전 백화점 명품매장을 들러봤다. 딸에게 코트를 선물하려고 가봤는데 이게 무슨 말인가! 코트 한 벌 값이 몇 백만 원인 것을 보고 놀랐다. 직장인들에게는 한 달 월급이 되는 금액이었다. 물론 값만 물어보고 돌아섰지만, 이름이 있다고 할지라도 코트 하나에 270만 원이라니! 세상에, 모피보다 더 비싼 것 같았다. 그 코트를 입어서 획기적인 변신이 따르는 것도 아닐 텐데 너무 아깝다는 생각이 들었다. 아무리 돈이 많이 있어도 사고 싶지는 않다고 생각되었다.

외모의 치장이 그렇게나 중요할까. 내 마음이 부자이고 내 마음이 편하면 행복한데. 비싼 옷을 입으면 조심스럽고 부담스러워서 마음 편히 입고 다닐 수 있을까 생각되었다.

나는 생각한다. 외모만 비싼 값으로 치장하는 것보다 내 마음이 진품이면 된다고. 그 코트 값의 10%만 남에게 베풀어도 내 마음이 행복할 것이다. 많은 사람이 경제적으로 궁핍하여 힘들어하므로 나눔으로써 마음이 편해질 것이다. 나의 지론은 나에게는 안 쓰더라도 가족들이나 주위 사람들에게는 밥도 사주고 가끔씩 선물도 사준다. 남에게 베푸는 그것이 내 마음을 편하게 하고 나를 즐겁게 해주기 때문이다.

옷은 예의에 맞게 옷을 차려입고 다니면 되고, 여유가 되지도 않으면서 마음 졸여서 명품을 살 필요는 없다는 생각이다. 자신이 행복해진다면 당연히 그렇게 해야 하겠지만 나는 소탈하게 부담 없이 진정한 자유를 누리며 사는 것을 행복으로 여긴다.

마음이 부유하여 베푸는 일에 좀 더 쓴다면 삶이 풍성해지고, 마음이 편안해지는 일이 되니 그게 잘살고 있는 인생이 아닐까.

비움의 미학

우리는 살아가면서 많은 것을 채우기 위해 노력하고 애쓴다.

때로는 더 많은 것을 갖기 위해 수많은 노력과 희생으로 쟁취하기도 한다. 욕심을 채우며 쉬지 않고 달려가지만 세월이 흐르고 나서 보면 다 부질없을 수도 있다. 마음의 여유 없이 쫓기면서 더 많은 것을 쌓아 두려고 희생하고 살았나 싶기도 하다.

크기에 따라 채워 넣기에 급급했던 나는 쉬지 않고 잘 달려온 말 같았다. 나는 그동안 경쟁 속에서 버티고 이겨내야 하는 긴박한 생활을 끊임없이 이어왔음을 깨달았다.

열심히 살다가 어느 날 갑자기 우리 곁을 떠나버린 엄마의 장례를 치르면서 삶에 대한 무상함을 실감했다. 황금 보화도 소용없고 아까워서 못 입고 모셔두었던 모든 것들이 쓸모가 없어졌다. 엄마는 몸이 불편해서 잘 걷지 못하던 때부터 나누어 주기를 시작하여 비움의 미학을 시작했다.

문제는 아까워서 사용하지 못한 엄마의 물건들이 많이 남아 있어서 그것을 보니 더 안타까웠다. 제일 좋은 것, 새것부터 집에 오는 사람에게 적당한 물건을 선물처럼 나누어 주고, 자신은 낡아서 선물로 줄 수 없는 것만 사용하였다. 새것을 선물을 받은 분들은 감사하면서 잘 간직하고 있다고 한다.

나도 집안에 수많은 물건들을 쌓아놓고 있었다. 무엇에 쓰는 것인지 모르고 먹는 보조식품이나 갖가지 제품들이 많아서 어느 날 문득 살펴보면 유효기간 날짜가 지나서 거의 버리게 되었다. 꼭 필요한 것만 눈에 보이게 잘 두면 잘 먹고 사용한다. 하지만 가짓수가 많다 보니 사용기한을 넘겨서 버려야 하는 약과 영양제와 바르는 제품이 많았다. 돈으로 따져 보니 적지 않아서 아깝고 속이 상했다. 살림살이도 쌓아놓다 보니 집안이 복잡하기만 하고 여유 공간이 부족하여 불편하기만 하다. 혹시나 필요할지 모른다는 저장 강박관념에 사로잡혀 또 나중에 쓸 것 같아서 모아두고 재여 두고 살아왔다.

비운다는 것이 생활에서 필요한 공간과 여유를 주는 아름다운 습관임을 깨닫게 해주는 계기가 있었다. 코로나19로 고향 방문을 자제해 달라고 하여 32년 만에 고향에 가지 않고 내 가족과 여유로운 시간을 갖게 되었다. 오랜만에 추석 음식을 만들었다. 식혜와 산적으로 인해서 집안 가득한 기름 냄새가 명절의 분위기를 한껏 올려주었다. 가까이 사는 남동생 가족을 불러 함께 명절다운 시간을 보내게 되었다.

이렇게 음식을 하고 나니 꼭 한번 초대해야 할 새로운 사람이 있어서 연락을 취했다. 밖에서 식사하고 차만 집에서 마시자고 했는데 집안이 정리가 덜 된 것 같아 막상 초대하려니 망설여졌다. 혹시 집안의 이미지가 어떻게 안 좋게 보일까 봐 청소를 하고 부른다는 게 여간 쉽지가 않아서였다.

신발장이 있는데도 불구하고 급히 편하게 신으려고 4인 가족의 신발이 1인당 몇 켤레씩 현관 쪽에 나와 있었다. 특히 딸의 신발은 다양하게 나와 있어 도둑이 왔다가 사람들이 많아서 도망갈 정도였다. 손님이 집에 방문하려 한다면 우선 신발을 먼저 정리해야 했다.

우리 집 식탁은 6인용으로 식탁 정면에는 낮은 산이 보여 풍광은 멋지다. 하지만 식탁 위에는 건강보조식품과 먹어야 할 약과 커피 등 식음료 종류와 간식 등이 식탁의 반을 차지하고 있어, 4인 가족이 같이 식사하기도 불편했다. 6인용 식탁 위 물건을 정리정돈하고 초대받는 손님이 앉을 좌석을 마련해주어야 할 일이 급했다.

예비 며느리 불러서 함께 식사하자는 뜻을 아들에게 전하고 집안을 정리하기 시작했다. 우선 물건들을 상자에다 쌓듯이 넣고, 앵글로 된 선반을 구석에 놓고 약을 거기에 정리해놓았다. 식탁을 사고 난 후 식탁 위에 아무것도 없는 최초의 시간이었다. 대리석 식탁이 넓은 대지처럼 탁 트이서 밖의 낮은 산 그림자가 식탁 위에 내려앉아 고요하고 평화롭기까지 했다. 6명이 앉을 수 있는 넓은 공간을 만들고 나니 집안이 훨씬 깨끗하고 정리된 느낌이 들어 손님에게 좋은 이미지로 남을 것 같았다.

식탁과 마주 보는 베란다 공간을 깨끗하게 정리 정돈하여 베란다에는 아무것도 없이 하여 확 틔워놓았다. 더벅머리를 이발해 놓은 듯이 깔끔해졌다. 어쩜 식탁과 베란다가 한 쌍의 짝꿍처럼 아름답기조차

했다.

사람도 예쁘거나 잘생기거나 멋있는 옷을 입고 나면 당당해져서 자신감이 생기듯이, 깨끗하고 아늑한 이미지로 변신한 집안 분위기 모습에 나는 손님을 초대해도 아무 불편함 없이 당당해질 것 같았다. 비운다는 것이 이렇게 아름다운 것일까. 여유로워지고 편안해져서 자신감마저 생겼다.

초대하고 6명이 식탁의 음식을 양쪽에 놓으니 고급스러운 레스토랑 같은 여유의 분위로 한가위와 함께 가을의 정취를 느끼게 해주었다. 처음 방문한 사람은 내가 이런 모습으로 평소에 생활할 거라고 생각할 것이다.

예전처럼 식탁에 물건을 올려놓으면 또 그때로 돌아갈 것 같아서 추석 연휴에 부엌에서 정리를 했다. 재활용으로 버릴 것과 수납장에 들어가야 할 것을 분류했다. 식탁의 현재 상태를 유지하기 위해 필요한 특단의 행동이었다. 너저분하게 깔아 놓은 것을 치워버린 식탁 위에는 아무것도 없어서 회의실처럼 넓고 훤했다. 식탁 옆에는 의자만 두었다. 여유가 생기고 누구를 불러도 기죽지 않을 만큼 깔끔해졌다.

32년 만에 식탁 위에 아무것도 두지 않은 비움의 미학으로 공간이 여유로워지고 가족도 식사시간에 훨씬 자연스럽게 모이게 되었다. 비운다는 것은 삶을 여유롭고 편안하고 행복하게 해주는 마법이 되어 주었다.

결혼생활 33년 만에 13번째 이사를 하게 되었다. 마지막 이사라 생각하고 날짜가 정해지자 그때부터 정리하기 시작했다. 주말에만 분리수거를 하는 날이라서 금요일 오후만 되면 재활용 분리수거를 했다. 이사 2개월 전부터 매주 버리기 시작했는데 그 양이 놀라웠다. 61평에 방이 5개이고 대형 창고를 비운다는 것은 대단한 각오가 필요했다. 크기가 15평 작은 집으로 이사 가려니 부지런히 비워야 했다. 버리고 버려도 매주 산더미처럼 쌓이는 재활용품 양이 무척 많아서 놀랐다.

옷을 2주에 한 번씩 단체에 몇 번 기증하다 보니 연락만 하면 감사하다고 달려왔다. 이사 가는 집에는 붙박이장이 있어서 옷장이나 서랍장을 따로 가져갈 필요가 없었다. 침대와 식탁과 가전제품 몇 가지를 제외하고 다 버렸다. 폐기한 게 양으로 따지면 7.5톤 트럭 한 대에 실을 만큼의 물건을 버렸을 듯했다. 몇 년 전 이 집에 이사 올 때도 7.5톤 트럭으로 이삿짐을 싣고 왔지만 그렇게 많이 버리고도 7.5톤 트럭으로 이삿짐을 옮겼다.

주부들은 대개 주방 수납공간이 부족한 것을 매우 염려한다. 몸무게가 잘 느는 사람에게는 몸을 살찌우는 것보다 살 빼는 데 더 힘이 들듯이, 넓은 주방에서 여유롭게 수납공간을 사용해오다가 줄어든 수납공간을 잘 정리하는 일이 무척 중요해졌다.

예전에 살던 곳보다 작은 평수이지만 많이 버리고 와서 그런지, 도리어 부엌의 싱크대 수납장이 몇 개가 빈 곳으로 남아서 여유로움까지 느껴졌다.

넓은 평수의 집에서 작은 평수의 집에 맞게 살림살이를 대폭 줄여 온 것이 무척 잘한 일이었다. 수납공간이 부족할까 봐 고민했는데 채워지지 않은 수납장을 보니 삶에 여유가 생기듯이 마음이 평안해졌다.

예전에는 숨 쉴 틈 없이 채워야 하는 줄만 알고 물건을 쓰든 안 쓰든 무조건 넣어 두었다. 이번에 이사를 계기로 비움이라는 목표를 가지고 필요한 살림살이만 챙겼다. 공간의 비움으로 예전보다 거실 평수가 훨씬 넓어 보이고 아늑하고 밝아 보인다고 가족들이 좋아했다. 재여 놓은 물건들 속에서 사람이 파묻혀 살다가 그다지 필요하지 않은 물건을 던지고 나니 세상이 더 넓게 보인다는 이치를 깨달았다. 행복은 내가 버릴 것은 과감히 버리고 나서 생기는 여유로운 공간에서 피어난다.

내면의 세계도 마찬가지이다. 많은 것들로 고민하고 신경 쓰다 보니 마음 편할 일이 없는데 나 자신이 잊어야 할 것, 사람에게 상처받은 것, 실망하거나 고민된 것 모두 털어버리고 나면 평온한 상태를 유지하게 된다. 비움으로써 평정심을 찾고 아름다운 삶을 누리게 되는 것 같다.

화려한 장식이 없어도 딱 있어야 할 만큼만 채우면, 단순함이 주는 여유와 안정감이 아름다운 것이다. 마음의 공간을 비워서 타인의 마음을 수용하는 마음은 더욱 아름다울 것이다.

감동은 행복의 꽃

감동은 사람을 아름답게 만드는 기술이다.

생각지도 못했는데 뜻밖의 정성은 감동으로 가슴속에 아름다운 향기로 남아 있다. 시간이 흘러가면 잊힐까 봐 감사의 순간을 가끔씩 끌어내어 생각하면서 고이 간직하여 두고 언젠가는 감사의 인사로 보답하리라 생각하고 있다.

우리 아들이 직장생활로 강남으로 출근하게 되었다. 목동에서 먼 거리는 아니지만 자기만의 자유로운 공간이 필요한지라 독립적인 차원에서 우리 부부의 허락을 받고 방을 구해 나갔다. 아들은 20대 중반에 여유로운 자신의 공간이 생겼다는 사실에 무척 좋아했다. 그는 IT 업계에서 1년 반 근무를 하고 일본으로 어학연수를 떠나게 되었다. 청담동 원룸에서 1년 정도를 살고 이사를 나오게 되었는데 청담동 집 주인 할머니가 어찌나 서운해 하는지 우리 아들을 자기 손자 대하듯 챙겨주셨다. 젊은이가 불편해할까 봐 모든 초점을 세입자 그들에게 맞추어 행복한 공간으로 만들어 주셨다. 행복한 공간을 떠나오는 아들도 아쉽고 서운하지만 주인 할머니는 더 서운하셨는지 아들이 이사하기 전까지 몇 번씩이나 찾아오시더니 이삿날은 이삿짐을 같이 날라주고, 모든 짐을 다 실어 놓고 나니 '가지 말고 잠깐만 기다려라.'라고 하셨다.

잠시 후 주인 할머니가 찾아오시더니 봉투를 아들 손에 쥐여 주시는 것이었다. 얼마 안 되는 10만 원이지만 아들에게 일본 어학연수를 몸 건강하게 잘 다녀오라고 말씀하시면서 격려를 해주시는 것을 보니 친손자 이상으로 정성이 가득했다. 우리 모자는 극구 봉투를 사양하다가 할머니가 내미는 정성을 감사한 마음으로 받게 되었다.

80세를 앞둔 할머니가 은행 CD기를 찾아서 돈을 인출하는 게 쉬운 일은 아닐 것 같아 가슴이 뭉클했다. 한 푼이라도 이사 가는 날 집주인에게 피해를 준 게 없는지 따지는 게 세상 이치인데 할머니는 자기 손자를 유학 보내듯이 챙겨주셔서 그 정성에 감동의 꽃이 한 아름 피었다. 감동을 마음에 전달해 주시던 그분을 몇 년이 지나도 잊을 수가 없다. 향기를 뿜어주신 할머니의 사랑과 감동의 봉투는 두고두고 아름다운 사연으로 기억되고 있다. 지금도 생각하면 청담동 송 권사님 그분의 따스한 마음이 되살아나서 우리에게 행복한 미소로 번지고 있다.

꽃보다 아름다운 마음을 전해주는 진한 감동이 있었으므로 일평생 살아가면서도 기쁨이 되어주는 사연이다. 그분의 아름다운 마음이 엄마인 나에게도 전해져서 나도 선한 영향력으로 만나는 젊은이들을 위해 작은 정성을 나누고 살아가고 있다. 나의 관심과 정성으로 젊은이에게 사람 사는 맛과 멋을 풍기는 행복한 순간을 선물하고 싶기 때문이다.

행복을 가득 심어준 권사님은 봄꽃보다 더 아름다운 추억의 꽃으로 내게 남아 있다. 각박한 세상살이에 따뜻한 마음을 불어넣어 주신 뜨거운 손길을 여전히 기억한다. 은은한 향기로 사랑하는 법을 알려주신 그분은 제 삶의 긴 여운으로 길이 남을 것 같다.

송 권사님 뵙고 싶습니다. 항상 건강하시고 행복하세요.

꽃게

아직도 살아 있었다.

하룻밤을 보내고 또 밤이 다가오고 있는데 놀라운 생명력으로 다리를 움직이고 숨을 쉬었다.

게들은 거센 물살에 맥없이 휩쓸리며 저마다 살아남기 위해 몸부림치고, 개펄 속에 몸을 숨기면서 생존하였을 것이다. 운이 없으면 인간이 던져 놓은 그물에 걸려 필살기를 사용한다.

잡으려고 하면 강한 집게다리로 물어 뜯어낼 정도로 힘이 세니, 배에서 잡으면 바로 집게다리 한쪽을 잘라버린다. 동족인지도 모르고, 다리와 다리로 육탄전을 하니 아예 싸움을 차단하기 위해서다. 아이스박스의 얼음은 결정체 없이 자신의 몸을 녹여서 차가운 물로 꽃게를 지켜주고 있었다. 한쪽의 희생은 상대방의 희망이 되는 밑거름이 된다.

꽃게에 손을 대는 순간 한쪽 잘린 집게다리이지만 무서운 힘이 발휘된다. 잘린 집게다리를 무시했다가 피를 흘려 본 후로 함부로 만만하게 생각하지는 않았다.

암수 세 쌍이 아이스박스에서 이틀 밤을 맞이하고 있었으니 생명의 강인함에 놀라웠다. 꽃게는 살이 꽉 차고 살아 있을 때 요리해야 제 맛이 나는 법이다.

봄철의 꽃게는 입맛을 돋게 하지만 갈수록 어획량이 줄어드니 몸값이 비싸다. 더군다나 연평도에서 바로 잡아 온 꽃게는 쉽게 구할 수가 없어 귀한 대접을 받는다. 싱크대 대야에 시원한 물에 꽃게를 담가 놓으니, 어라! 생명력이 더 활발해지고 힘이 강해져 다시 살아나고 있었다. 좁은 아이스박스에 갇혀 있는 것보다 넓은 세상으로 나오니 꽃게의 세상이 되었다. 이 꽃게를 가지고 요리를 한다는 것도 까다로웠다.

일단 뜨거운 물에 된장과 고추장을 조금씩 풀어서 냄비에 끓이면서 요리하는 게 시간을 단축할 것 같았다. 새로 산 수세미로 꽃게를 박박 문지른 후 꽃게의 잔가지처럼 뾰쪽한 다리를 자른 후 등딱지를 떼려고 노력해 보았다. 본드로 붙여 놓은 것보다 더 강해서, 차라리 내가 져주는 게 옳을 듯싶고 힘에 부쳐서 포기하고 통째로 넣어서 요리했다. 요동치는 냄비 육수에 꽃게 등딱지가 빨간색으로 변할 때까지 눌러서, 꽃게의 신선한 바다 냄새와 주신 분의 정성을 만끽하면서 저녁상을 차렸다. 아들과 단둘이 꽃게를 수시로 가위질을 하면서 저녁을 맛있고 푸짐하게 먹었다.

꽃게는 나의 아들을 살려준 최고의 보약 같은 존재이다. 신혼 시절 무서워서 혼자 자지도 못한 나를 위해 친정 동생들이 순번대로 돌아가면서 나의 경비담당이 되었다.

아이 둘을 낳고 지방에서 경기도로 이사 온 나는 더 이상 의지할 곳이 없어 혼자서 애들과 자야 했다. 일본 출장을 간 남편은 잘 자는지 걱정되어 전화가 왔지만, 난 아들이 걱정되어서 눈물로 밤을 보냈다. 열이 떨어지지도 않은 5살 아들에게 약을 계속 먹여야 한다는 동네 병원의 처방에 아이의 빈속에도 약을 계속 먹였더니, 아들에게 문제가 생겼다.

아들은 눈을 뜨지도 못하고 계속 잠만 자는데 체온이 싸늘했다. 부랴부랴 안고 흔들어도 축 늘어져 몸은 얼음처럼 차가웠다. 새벽 1시 유치원 자모들에게 전화를 돌려 우리 아들을 살려 달라고, 빨리 우리 집으로 호출했다. 그때 2살 작은애가 있어서 응급실 가는 것은 생각도 하지 못했다. 눈을 감는 아들을 위해 꼬마들은 산소 같은 역할로 아들을 깨웠다. 유치원 친구 몇 명이 와서 가라앉는 아들을 위해 노래와 춤을 추었다. 그것은 아이가 잠을 못 자게 생기를 주는 행동이었다. 나는 아들의 싸늘한 체온에 온기가 돌게 하려고 끊임없이 마사지를 해주었다. 마사지에 몸이 따스해져서, 애들의 노래와 웃음소리에, 아들은 그때 서서히 힘이 되살아났다.

그다음 날 아이에게 약을 먹이기보다는 어떠한 방법으로라도 밥을 먹여야 한다는 사명감에 살아 있는 꽃게 한 마리를 거금을 주고 샀다. 꽃게탕을 순한 맛으로 끓여서 아이에게 꽃게와 밥을 먹였다. 그랬더니, 음식을 거부하던 아들은 입맛이 다시 돌아와 잘 먹었다. 영양제보다 더 큰 효력으로 아들의 기운을 찾게 해주었던 고마운 꽃게였다.

남은 꽃게를 싱싱하게 보관하는 법을 생각하다가 10년 만에 간장게장을 만들게 되었다. 그것은 살아 있는 꽃게를 훌륭하게 탈바꿈시켜 주는 좋은 방법이라고 여겨졌다. 남편이 유럽 출장 중이라 일주일은 더 유럽에 머물러야 했다. 내가 꽃게장을 만들어 놓으면 남편이 돌아와서 빨아간 등딱지에 밥 비벼서 먹으며 좋아할 것 같았다. 오랜만에 레시피를 참조해서 간장과 물을 끓여서 나름대로 재료와 형식은 다 갖추었으니 숙성만 남았다고 생각했다.

출장을 마치고 돌아온 남편에게 거한 상차림으로 식탁 위에 꽃게를 올려놓았으나 입에 한입 물더니 도로 뱉어냈다. 싱거워도 너무 싱거워서 꽃게 맛이 아니라 맹물에 담가서 먹는 느낌이었다. 추가로 다시 2차 간장을 더 붓고 양념을 끓여서 다시 며칠을 더 숙성했다. 남편은 싱거운 것은 만사가 오케이나 조금만 더 짜게 되면 반찬에 손이 오는 법이 없어 짜지는 않게 해야 했다. 2차로 숙성시켜서 며칠이 지난 저녁에 꽃게를 다시 남편에게 선보였다.

웩하면서, 먹기 좋게 잘라준 게장이 상했다고 다시 다 뱉어냈다. 난 상한 것이 아니라 우겼지만 내심은 기분이 안 좋았다. 남편은 '먹지 말고 다 버려라.' 하는데 그럴 수가 없었다.

며칠 전, 우리 회사 물류를 맡아서 운송해주시는 사장님이 미안해하면서도 꼭 뵙기를 청한다고, 거절해도 찾아오겠다는 부탁으로 우리 회사를 찾아 왔다. 전날 연평도에 갔는데 살아 있는 꽃게를 보니 꼭 갖다 드리고 싶은 사람이 '나'라고 꽃게를 가지고 찾아뵙게 되었다는 말이었다.

나보다 연세가 많으신 그분은 대기업을 거래하면서도 작은 우리 물량에도 정성껏 관리해주었는데, 본인이 직접 아이스박스를 들고 찾아오셨기에 나에게는 엄청난 감동이었다.

'그 사장님의 정성을 버리면 안 된다.' 차라리 시장에서 사 온 것이라면 아까운 생각 덜해서 화끈하게 버리고 싶었을지도 모른다. 그렇지만 그 사장님의 정성이 내 마음을 붙잡고 있었다.

재빨리 냄비에 뜨거운 물 받아서 된장과 고추장을 풀고 간장게장을 잘라서 넣었다.

빨간 알도 색깔이 탈색된 듯 꽃게의 살도 신선하지 않아 청양고추를 넣고, 생강은 살균이 된다고 하니 초절임 생강이라도 한 숟가락씩 넣어 팍팍 끓이기 시작했다.

양이 많아서 혼자서 먹기가 힘든 분량이지만 그것을 버리면 더 속상하고, 남겨도 속상하니 차라리 간장게장 통을 씻어 버려야 마음이 후련할 것 같았다. 그 통은 마음의 수양으로 비움이라는 그 사실이 얼마나 깔끔하고 아름다운 것인가를 말해주었다.

남편은 거실에서 "먹지 말라 하는데 왜 먹고 있소?"라고 했지만 그 소리는 나에게는 마음을 긁고 지나가는 휘파람 소리였다.

식탁 위에 뜨거운 냄비를 올려놓고 한 점 남김없이 흡입하기 시작했다. 맛은 없었고 텁텁한 국물은 쓴맛으로 먹을 수가 없었다. 아깝다는 마음으로 난생처음으로 어마한 양의 꽃게를 한순간에 먹어 치웠다.

'혹시 먹고 배탈이 나면 어떡하지?' 하면서 속으로 걱정과 긴장을 했다. 하지만 연평도에서 꽃게를 직접 사 온 그 사장님의 정성을 떠올리며 걱정을 털어버리고 나 자신을 위로했다.

잘못된 꽃게를 먹는 순간 옛 선인의 말씀이 떠올랐다. 더도 말고 덜도 말고, 중용이 얼마나 중요한가를 생각했다. 부족해도 안 되고 넘쳐도 안 되고 적정선을 지키는 게 참으로 중요하다.

음식도 너무 짜거나 너무 싱거워도 음식 본연의 맛을 잃게 된다.

부모의 참견이나 간섭도 자식에게 지나치면, 자녀에게 오히려 독이 되고, 부모와 자식 간에 거리도 멀어진다. 너무 방임하게 되며 버릇이 없거나 사리 분별이 약하다는 소리를 듣는다.

훌륭한 부모의 자리에도 적당한 중용이 필요하다. 가정에서 아내의 자리가 너무 크거나 치우쳐도 힘없는 남편, 고개 숙인 남편이 되는 것 같다. 남편도 너무 가부장적이라면 아내가 견딜 수 없고 가정에 평화가 깨져 화목을 유지하기 힘든 것 같다.

무엇이든지 자신이 지켜야 할 행동이나 사고는 중심을 잃지 않고, 적정선을 유지하면 지켜야 가정과 사회가 바람직하게 흘러가는 것이다. 중용이란 단어는 중심을 지켜주는 꼭 필요한 언행 심사가 아니냐는 철학을 깨치면서, 꽃게가 나에게 또 다른 가르침을 주는 저녁이었다. 식탁 위에 가득한 꽃게 껍질로 난장판이다.

그러면 어때?

중용이라는 심오한 깨달음을 준 꽃게 식탁이 소중하게 다가왔다.

군고구마 아저씨

겨울이 깊어가는 소리를 듣는다. 싸늘한 바람이 부는 계절에 따스한 옹기를 안고 있으면 따뜻해지듯 포근한 아랫목을 그리워하게 한다. 겨울이 다가오면 잊을 수 없는 게 나에게 있다. 그것은 군고구마 이야기이다. 군고구마 하면 안타까움의 대명사인 것처럼 느껴진다.

내가 여고 3학년 때 갑자기 엄마가 쓰러져서 입원했고, 간병인으로 나는 병원에서 등하교하며 살았다. 엄마의 옆 다른 침대에 누워계신 할머니는 병환이 더 깊어 보였다. 할머니를 병간호하고 있던 사람은 25세 된 할머니의 아들이었다. 까까머리에다 빨간 추리닝을 입고 하얀 고무신을 신은 채 밤낮으로 자기 어머니를 병간호하고 있었다. 그의 형이 해군 대령이고, 은행지점장 부인인 누나가 있었다. 형제 모두가 잘살고 있지만 자기 어머니를 돌보는 막내아들이 효자라고 우리 엄마가 칭찬을 많이 해주셨다.

그 아저씨는 5남매 중 막내아들로 군 제대 한 달을 앞두고 자기 어머니의 병간호를 위해서 의가사 제대를 했다고 한다.

다른 형제자매 모두 결혼하고 바쁘다는 핑계 때문인지 자신이 어머니의 대소변을 받아내고 환자 침대 밑에서 한 달을 어머니랑 병원에서 살았다고 한다. 아저씨는 자기 어머니가 며칠 후에 퇴원한다고 말하면서 며칠째 내 엄마를 간호하고 있는 나에게 연락처를 가르쳐 달라고 부탁을 한다. 귀찮게는 안 하겠다고.

그러나 나는 끝내 연락처를 알려 주지 않았다. 이후에 그는 교복을 입고 병원을 출입하는 나를 보고 어느 학교 몇 학년이라는 걸 알아냈다. 그리고는 옆 할머니는 퇴원하셨고 병실은 조용해졌다.

꿈 많은 여고 시절에는 부끄러움도 많았고, 친구들과 같이 하교하는 게 즐거움이었던 시절이다. 청춘 이야기를 쏟아내면서 몰려다니던 그때 까까머리를 한 남자가 나타나 길을 막고 있었다. 할머니를 간호하던 그 아들이었다.

학교가 끝날 무렵이면 정문 앞에서 기다리자 창피한 나는 찾아오지 말라 부탁을 했다. 찾아오지 않겠다는 조건에 집 주소만 알려달라고 매달려 한참 말씨름을 하였다. 곁에 있는 친구가 불쌍하다고 같이 간청하여 집 주소만 알려 주게 되었다. 전화번호는 절대 비밀이라고 하니 대신 그 아저씨는 나에게 자기 집 전화번호를 주면서 일주일에 한 번씩만 전화해달라고 애걸하여 나를 찾아오지 않겠다는 조건으로 수락했다. 어쩔 수 없이 일주일에 한 번씩 공중전화 부스에서 전화를 하는데 아저씨는 외롭다는 말과 보고 싶다는 말을 계속할 뿐이었다. 친구들이 더 동정심으로 나를 부추겼고 불쌍하다고 전화했는지 점검을 했다.

몇 번 전화하다가 이상한 감정을 가지는가 싶어 전화하지 않았더니 이제는 편지를 써서 보내왔다.

일주일에 몇 통씩 보내주면 나는 다음날 교실 칠판에 붙여놓고 단체로 읽곤 했다. 넓은 화선지를 붙이면 칠판의 삼분의 일이 가려졌다.

항상 첫 줄에는 '사랑하는 영미 씨!'라고 시작했다.

학교 교실에 들어서면 반 친구들은 나보다 아저씨의 편지를 더 기다렸고 마음이 안됐다고 가서 만나주라고 애원하기도 했다. 몇 개월 후 감수성 많은 여고 시절을 마감하는 졸업식을 마치고 교문을 나서는데 예비군복을 입은 아저씨가 부리나케 뛰어왔다.

"영미 씨 졸업 축하합니다!" 예비군훈련 받다가 점심때가 되어서 부리나케 뛰어왔던 것이다.

"영미 씨 같이 사진 찍읍시더." 그러나 나는 매몰차게 "싫어요!"하면서 교문 밖을 나서는 담임 선생님께 뛰어갔다.

"선생님 우리 같이 사진 찍어요!" 담임 선생님과 팔짱을 끼고 보란 듯이 웃고 찍었다. 담임 선생님은 총각이었으므로 아저씨에게 약을 올렸다.

며칠 후 편지지에 깨알처럼 쓴 두툼한 편지가 왔다. '사랑하는 영미 씨! 그녀의 목에 꽃다발도 못 걸어주고…' 첫마디의 시작이었다. 화선지 편지는 들킨 적이 없었는데 이번 편지는 아버지께 압수당했다. 평소 아버지께서는 작은 글씨는 잘 안 보여 그냥 무시하고 지나가는데 그날따라 돋보기를 사 오셨다. 빼곡히 적힌 편지를 보자마자 읽기 시작했다.

설명을 드려도, 이제 고등학교 졸업하고 연애하고 시집갈 생각을 벌써 하느냐고 역정을 내시고 금지령을 내려서 이제 편지도 못 받게 되었다. 한동안 뜸하니 나도 마음이 편해졌다.

이제 정리되나 싶었는데, 몇 주째 아저씨는 우리 집 근처 길목에서 나를 기다렸다. 드디어 나를 만나 애절하게 내 이름을 불러서 쳐다보았는데, 아이구야, 큰일이 났다.

처음으로 길목에서 나를 만난 아저씨가 반가워서 크게 이름을 부르자 딸의 이름이라 아버지가 쳐다보게 되었고, 집으로 가는 길목은 단 한 곳이라 피할 길이 없었다. 아버지께서는 우리 집 근처에서 그와의 처음 만남을 목격했다. 이제는 불호령이 더 났다. 이제는 다시는 찾아오지 말라고 신신당부를 했으니 깨끗이 정리됐을 것 같았다.

몇 개월 후 한밤중에 영미 씨! 하고 몇 번을 부르는 소리에 나가 보니 집 문밖에서 나를 만나기 위해 아저씨가 문을 두들겼다.

"영미 씨 엄마 돌아가시고 엊그제 장례와 탈상 치르고 하도 마음이 울적해서 영미 씨를 보면 마음이 위로될 것 같아서 찾아왔어요."

"가족이 그리워서 달려왔어요." 그리고는 나에게 노랑 봉투를 내밀었다.

"이게 뭐예요?"

"군고구마입니다."

"식지 말라고 제가 가슴 속에 군고구마를 품고 왔어요."

아직도 식지 않고 군고구마는 뜨거웠다.

"어머니도 뵙고 잠깐 집에 들어가서 인사만 하고 가면 안 될까요?"

"아저씨 빨리 가세요, 우리 아버지 보면 혼나요"

"그럼 골목에서 5분만 같이 있다가 갈게요."

"안 돼요, 아저씨 제가 맞아 죽는 거 봐야 정신 차리겠습니까?"

그때 갑자기 그가 진지하게 목을 가다듬고 말했다.

"영미 씨 좋아합니다!" 그때 집안에서 부모님이 나를 부르는 소리가 났다. 밖에 누가 있냐고 자꾸 나에게 다그치는 아버지의 고함소리에 놀란 나는 아저씨의 우수 어린 눈빛을 외면할 수밖에 없었다.

"아저씨 꼭 밥 잘 챙겨 먹고 너무 외로워하지 마시고 힘내세요!"

아저씨는 눈물이 그렁하였고, 마음 둘 곳 없는 아저씨는 다시금, 목메인 소리를 했다.

"사랑합니다! 영미 씨." 그러자 나는 다그쳤다.

"아저씨, 빨리 돌아가셔야 해요. 우리 아버지 나오시기 전에요."

"영미 씨~ 사랑합니다!"

한마디를 내뱉고는 희미한 불빛 속에 힘없이 돌아가는 아저씨의 뒷모습을 보니 처진 어깨가 너무나 슬퍼 보였다. 따스한 아랫목이 그리워서 찾아온 아저씨! 지금도 노랑 봉투에 군고구마를 보면 아버지의 불호령과 아련함이 남아 있다.

방에 들어가니 군고구마가 어디서 나왔냐고 부모님과 동생들이 물었지만 나는 여고 동창생 친구의 이름을 댈 수밖에 없었다.

찬바람이 쌩쌩 불던 그날 밤, 가족이 그리워서 찾아온 아저씨는 바바리 깃을 세우고 차디찬 강바람을 벗 삼아 걸었을 것이다. 아득한 옛일이지만 지금도 군고구마 하면 추억 속에 그 아저씨가 생각이 난다.

아침을 열어 주시는 분들

나의 삶에 있어서 언제나 함께해 주시는 고마운 분들이 계셔서 감사하다.

아침이면 나에게 안부를 주는 사람들이 있어서 행복하다. 사람이 부대끼며 살아가다 보면 외롭지 않다. 슬프고 힘들 때 주위에서 들려주는 작은 한마디의 말에 다시금 마음을 추슬러 자신을 돌아보고 힘을 내게 된다. 잠깐 스쳐 간 인연이라 볼 수 있는 관계인데도 꾸준하게 카톡으로 말씀을 준다면 그분의 정성에 감동할 수밖에 없다. 식사 한번 대접 못 하고 있는데, 말씀을 나누면서 깨우침을 주는 인생의 선배님들이 계셔서 든든하고도 감사하다.

하나님의 축복 다음으로 큰 복이 인복(人福)이 아닐까 생각되었다. 지극정성이 아니면 그렇게 긴 세월을 변함없이 연락해 주실 수가 없을 것이다. 코로나로 인하여 만날 수도 없으니 가까웠던 사람도 소통이 힘들어지고 서먹해질 수밖에 없는 것 같다. 그나마 매일 문자라도 주고받으면 마음은 함께 하니, 어색하지 않을 것이다.

나에게 매일 아침이면 짧은 기도의 말씀과 찬양을 주시는 교수님이자 목사님이 계신다. 그분은 어린이집 원장과 사회복지 공부를 할 때

지도해 주신 교수님으로 27년 전에 처음 뵈었는데 지금까지도 안부를 물어주시고, 요양원 원장님으로 바쁘신 가운데서도 매일 아침을 열어 주신다. 힘든 일이 있으며 기도해주시고 용기를 주신다. 코로나로 몇 년째 뵙지 못해도 변함이 없으시다. 바람막이가 되시어 긴 세월 속에서 제자들을 오랫동안 변함없이 이끌어주고 계신다.

또 다른 나의 인연의 목사님은 아들이 고등학교 3학년이던 때 나는 새벽기도를 하러 집 옆에 있는 교회를 찾아갔다. 아들의 수능이 다가올 무렵 몇 개월 동안 새벽에 힘을 얻기 위해 찾아간 그곳은 나의 마음의 안식처였다. 거기에 가면 내 마음이 편안해졌다. 그곳에서 몇 개월 동안 나는 자식의 축복을 위해서 기도를 드렸다.

목사님께서는 15년 전 자기 교회 교인도 아니었던 나에게 주일 아침이면 목사님 설교의 말씀으로 힘을 주시고 계신다. 변함없으신 정성에 감사를 드리고 싶다. 아무 조건 없이 많은 세월이 흘렀음에도 영혼을 살찌우게 하신다.

또 한 분은 알지 못하는데 몇 개월 동안 낯선 분이 계속 카톡에 좋은 말씀을 보내주시기에 누구시냐고 물었더니, 지인과 잠깐 뵌 분이었는데 1년 365일을 하루도 안 빠지고 격려와 위로를 주신다. 벌써 7년이 넘었다. 끈기가 대단하신 분이다. 스쳐지나간 인연에도 아침마다 아름다운 말씀으로 안부를 주고받아 살가운 긴 인연으로 엮어져 나의 마음을 풍요롭게 해준다.

더불어서 살아간다는 것은 아름다운 동행이다. 언제 어디서나 장소를 불문하고 행복한 메시지를 나누면서 아침을 맞이하고 있다.

코로나로 힘든 가운데 살고 있지만 칠십이 훨씬 넘으신 분이 앙증맞은 카톡의 메시지를 아침마다 볼 때면 킥킥 웃음이 저절로 나오게 한다.

집안 어르신 삼촌이 동네 통장으로 계실 때 사두면 좋을 곳이라고 추천하면서 그곳에 재개발한다고 하여 계약했으나 15년이 지나도 감감 무소식이었다. 고향이 생각나서 경상도에 투자를 했지만 서울에 사놓았으면 엄청 돈을 벌었을 텐데, 진행이 늦은 이유를 물어보니 주민들의 협조가 부족하다고 한다. 무엇을 도와드리면 빨리 진행할 수 있냐고 물어보니 구청에서 허락할 수 있도록 관심을 가져 달라는 거였다.

서울 살면서도 전화쯤은 해줄 수가 있으니 제가 할 수 있는 것은 해드리겠다고 했다. 1970년대 동네가 그대로, 도로 쪽을 제외하고는 시간이 멈춘 옛날 집들이었다.

다음날부터 시간만 나면 하루에 두 번씩 전화해서 오전에는 실무자인 건설과 주택과 담당자와 통화를 하고 오후에는 구청장을 바꿔 달라 했다. 그 동네가 아주 오래된 집들이라 흉가처럼 되어있는데, 찬성파 반대파로 나뉘어 이러지도 저러지도 못하고 판단이 서지 않았던지 개발이 멈추어져 있었다. 아침에 한번, 오후에 한번, 이렇게 전화하다 보니 내 목소리만 들어도 구청직원들이 서울에 있는 나였다는 것을 알고 있었다. 구청장을 바꿔 달라고 하면 구청장 비서실장이나 여직원이 전화를 받았다.

동네가 흉가로 변하고 있어 방화나 살인사건이 난다면 책임은 반드시 구청장님께 있다고 탁상으로만 하지 말고 답사를 해보시고 결정을 하시라고 했다. 보름 정도 매일 같이 연락하니 구청장님이 아내하고 밤에 가서 보고 현장을 파악하고 왔다고 했다.

나의 의무는 동네 발전이므로 또다시 연락을 계속했고 구청장님은 비서실장과 함께 밤에 답사를, 낮에는 건설과 담당자와 동네를 답사했다. 드디어 허가가 떨어졌다고, 기뻐서 재개발 담당 이사님이 감사의 안부를 전해주었다. 내가 동네를 보고 왔으니 이렇게라도 도와드리지 않으면 20년이 넘어도 그대로일 것 같았다. 업무 진행에 도움을 주었다고 잊지 않고 몇 년째 매일 감사 메시지를 보내니 훈훈한 인정이 살아 있는 것 같다.

살아가는 동안 우여곡절을 겪고 살지만 아무런 이유나 아무런 대가나 바람도 없이 순수한 사랑과 보살핌으로 매일 아침에 힘을 주시는 목사님과 또 다른 인연으로 함께 해주시는 분들이 계신다는 것은 아름다운 감동이고 행복이다.

나보다 훨씬 연세가 많으시고 많은 일들을 챙기시는 바쁜 분들께서 잊지 않고 매일 아침을 열어 주시니 생기를 얻게 된다. 비바람 치는 우울한 날에도 힘을 얻는 말씀으로 채워주시니 마음을 추스르고 다시 일어서게 된다. 오늘도 묵묵히 지켜봐 주시고 변함없는 사랑을 보내주신 분들께 감사를 드린다.

제라늄

꽃을 좋아하는 나는 지나가다가 꽃집에 눈길이 가면 걸음이 멈추어진다. 꽃집을 둘러보고 꽃다발을 사거나 화분을 사기도 한다. 꽃 가까이 가보면 꽃이 아름답기도 하고 꽃이 내게 부드럽고 평안한 기분을 주는 것 같아서 좋아한다. 꽃을 선물로 하는 것은 욕심 없는 축하 같아서 좋기도 하지만, 꽃이 빨리 시들어 버릴 때는 돈이 아깝다는 생각을 가끔 하기도 한다. 걸어서 집 가까운 시장에 가면 채소를 무거울 정도로 장바구니 한가득 샀지만, 봄을 집안에 가득 채우고 싶은 마음에 제라늄도 같이 사 왔다.

얼마 전에 꽃집에서 장미와 봄 국화를 샀다. 봄을 느끼기도 전에 꽃이 시들어 버리는 바람에 아깝다는 마음에서 이번에는 제라늄 화분을 사게 되었다. 제라늄도 어차피 오래 살지도 못할 것 같아서 플라스틱 화분 자체로 베란다에 두고 가끔씩 물을 주기로 했다. 꽃 화분은 나무 화분에 비해서 꽃을 제대로 피우지도 못하고 시들기 때문에 당분간만 봄꽃을 본다는 생각이었다.

기대와는 달리 우리 집 베란다에 자리 잡은 제라늄은 아침마다 연분홍 꽃을 피워 눈길을 끌었다. 하루도 쉬지 않고 봉오리를 터뜨리는 연분홍빛 미소에 마음을 열고 아침마다 다가가서 말을 걸게 된다. 참으로 부지런하기도 하다. 사람의 입장으로 보면 아침마다 새로운 꽃을 피우는 사람이라면 무엇을 해도 성공할 것 같은 힘찬 기운이 느껴진다.

향기를 내뿜어 상쾌한 아침을 열어주는 제라늄은 몇 번의 이사에도 계속 따라 다니게 되었다. 10년의 세월에도 변함없이 나의 곁에서 묵묵히 견뎌온 제라늄이 대단하다.

추우면 추운 대로 견디고 얼어 죽지 않고 살아 있어 강한 정신을 느끼게 하니 꽃도 스승이 된다. 엄동설한에 다른 꽃들은 죽었지만 제라늄만은 야생화처럼 끝까지 낡은 화분에서 견뎌 왔다. 매일 아침에 꽃을 피우다가 더 이상 꽃을 피울 여력이 안 되었는지 다른 변신을 했다. 새로 나는 꽃잎이 하얀 잎으로 새순처럼 올라와 색의 변화로 꽃의 역할로 대신하여 아름다움을 느끼게 해준다. 최선을 다하는 그 모습이 사랑스럽다.

거실에서 사랑받던 스토기는 전자파를 차단해준다고 TV 앞 장식대에서 터줏대감으로 자리 잡고 있었다. 난초처럼 뻗은 줄기가 힘이 있고 굵고 탄탄해서 부러지지도 않았다. 그런데 이사를 오면서 튼튼한 스토기 화분 몇 개를 베란다에 두었는데 모두가 얼어 죽고 말았다. 화분을 몇 주 챙겨보지 못한 사이에 초토화되었다.

밖에서 날마다 강하게 살아온 제라늄은 더 탄탄해졌다. 엄동설한을 버텨온 저력으로 똑같은 환경인데 더 강하고 튼튼하게 자신의 몫을 다하고 자리를 빛내고 지켜준다. 초토화된 베란다에 남편이 제라늄 화분을 새봄맞이로 두 개를 사 왔다. 새로 사 왔으니 꽃도 활짝 펴있고 아름답게 보였다. 그러나 내 마음은 10년을 견뎌온 제라늄에 가 있다. 가까이 가면 제라늄 향기가 코끝에서 진한 풀냄새와 변하지 않은 믿음의 향기가 더해져 아름다움으로 채워준다.

새로 사 온 제라늄 화분에서는 향기가 나지 않는다. 이상하다고 생각하여 잎을 비벼 봐도 향기가 나지 않는다. 10년 같이 해온 제라늄 잎을 비벼 보았다. 그윽하고 진한 향기가 오래도록 나의 손에 느껴져 온몸에서 제라늄의 은은한 향기로 오랫동안 머물고 있다. 같이 지나온 세월이 헛되지 않은 애착으로 남아 두툼해진 제라늄 잎에서 나의 사랑이 더해진다.

사람도 마찬가지일 것이다. 겉은 아름답지 않지만, 내면의 아름다움으로 기쁨을 주고 변함없는 은은한 향기로 채워질 수 있는 사람이 있다. 그런 사람에게는 진심이 느껴지고 평안을 나누며 서로 베풀고 살아갈 때, 오래도록 기억에 남는 사람이며 향기가 있는 사람일 것이다. 함께 해온 세월 동안 서로의 마음을 알아주고, 버거운 생(生)을 다독여주니 편안하고 순수한 발자국으로 진국처럼 익어가게 된다. 화려한 멋이 없더라도 오랫동안 묵직한 울림으로 흔들림 없이 그윽한 향기를 뿜어 주는 사람이 진짜 멋있는 사람이 아닐까 생각된다.

새로 이사 온 집에서 첫봄을 맞았다. 10년을 함께 해온 제라늄이 꽃봉오리를 맺었다. 행복한 시작이 되라고 꽃을 피우려나 보다. 상쾌한 아침이 힘찬 희망을 열어주고 있다. 성실하게 최선을 다하며 참고 견디며 불굴의 의지로 다시 꽃을 피우게 되는 제라늄의 희망은 나에게 깨우침을 준다.

묵은 가지에도 꽃이 피듯이 강한 의지력이 있다면 삶의 뿌리로 다시 일어날 수 있으며, 먼지 낀 마음을 툭툭 털어 버리고 맑은 기운으로 일어서서 달려가자고 외쳐본다.

5부
시련

사랑의 장학재단

나의 사랑하는 어머니를 떠나보내고 후회를 참 많이 했습니다.

아직도 아픔이 가시지 않은 날이지만 참회로 이 글을 씁니다. 효도하고 싶어도 떠나버린 빈자리에서 무얼 해야 하는지 공허할 뿐입니다.

나의 어머니는 자식들을 무척 좋아했습니다.

딸들이 가까이 사는 다른 사람이 부럽다고 하시면서 내가 고향에 갈 때마다 같이 살고 싶은 게 소원이라 하셨습니다. 결혼 2년 반 만에 내가 고향을 떠나 경기도로 이사왔는데, 해외 이민 가는 자식보다 더 심하게 서운함을 주체할 수 없었던 엄마는 대성통곡을 했습니다. 그처럼 자식은 엄마의 전부였습니다. 특히 큰딸인 나를 엄마는 든든한 버팀목처럼 여겨왔던 심정을 잘 알고 있었습니다.

어느덧 결혼 30년이 지나 이제는 엄마를 모셔야겠다는 생각에 대형 평수의 집으로 이사를 했습니다. 그러나 나의 마음이 혼란스러워졌습니다. 엄마가 살림을 해주실 수 있을 때는 엄마가 필요해서 오시라고 하고 나는 친구들과 해외여행도 다닐 수 있었습니다. 이제는 기력이 떨어져서 엄마를 모셔 와도 밥을 차려드려야 하는데 엄두가 나지 않았습니다.

남동생이, "누나가 엄마를 모시고 가면 힘들어서 안 된다." 그 말에 부담스러웠던 내 마음이 가벼워져서 좀 편안했습니다.

"엄마, 내가 좀 안 바쁠 때 모시고 갈게요."라고 말했는데 그게 내가 엄마를 위로해 줄 수 있는 유일한 대답이었습니다.

나의 불효의 마음이 짙게 변해 가는데 세월은 기다려 주지도 않고 흘러가서 야속하기만 합니다.

코로나19로 찾아뵐 수도 없는 때라서 그동안 전화로 목소리를 들려주는 게 전부였습니다. 그렇게 지내오다가 봄날, 엄마의 심장이 멈추었습니다. 자식들이 걱정하니, "코로나 때 내가 죽으면 너네들이 오기도 힘드니 지금은 죽을 수 없다."라고 하시곤 하셨습니다. 벚꽃이 휘날리는 날, 힘든 몸으로 엄마는 남동생 차를 타고 살아왔던 고향산천을 둘러보시고 오셨는데, 다음날 뇌출혈과 동시에 결국 심장마비로 세상을 떠나셨습니다.

몇 개월 동안 한 번도 엄마를 찾아뵙지 못했습니다.

일단 심폐소생술로 중환자실로 옮겨졌습니다. 엄마가 몇 주 전부터 기운이 없고 힘이 없다고 링거를 맞게 해달라고 했으나, 위험해서 밖에 다니시면 안 된다고 단호하게 거절했던 자식들이었습니다.

머리가 아프다고 하소연하여 두통약만 드시게 하여 엄마는 너무 힘드니까 약을 시간마다 드셨다 합니다. 힘들다 할 때 병원에 한 번 모셔갔다면 후회라도 없을 텐데 불효자는 웁니다.

중환자실에 인공호흡기로 뇌사 상태이지만 서울에서 내려가서 엄마의 얼굴을 볼 수가 있어서 참 좋았습니다. 퉁퉁 부어 있는 팔다리와 얼굴을 보면 얼마나 고통스러운지를 알 수 있지만 자식으로 해줄 수 있는 게 아무것도 없다는 게 참으로 고통이었습니다. 언제까지나 함께 갈 것만 같은 엄마라고 생각했지, 어느 날 갑자기 이렇게 세상을 떠날 줄을 예전에 미처 몰랐습니다. 자식들이 힘들까 봐 사후의 정리를 하시고 수의와 자식들의 상주 옷과 장례비용까지 가까이 사는 남동생에게 맡겨두시고 죽음을 미리 예견하셨던 모양입니다.

입관하는 날 사위인 남편이 엄니를 모시지 못한 죄책감에 편지를 써서 읽어 드렸는데 장례식장이 온통 눈물바다가 되었습니다. 오로지 자식의 앞날을 위해 아끼고 절약하는 일이 몸에 배신 엄마는 자식 5남매를 위해 모두 집 장만을 하게 주춧돌이 있어야 한다고 큰 그림을 그릴 수 있게 해주셨습니다. 엄마의 손에 푼돈으로 들어간 돈은 모두 뭉칫돈으로 만들어서 자식들을 골고루 챙겨주셨습니다. 자신을 위해 10원짜리도 하나 쓰는 법이 없었던 우리 엄마는 고생만 하시다가 돌아가신 게 너무 억울해서 나는 목 놓아 울었습니다. 엄마를 모시고 한 달이라도 같이 살았으면 엄마의 마음을 위로하고 나에게 한이 없을 텐데 불효자는 어쩔 수 없습니다.

엄마가 중환자실로 들어가실 때 의사 선생님이 나에게 관계가 어찌 되는지 물어보더니, 엄마의 속바지에 매여 있던 복주머니를 풀어서 내 손에 쥐여 주었습니다. 엄마의 마지막 노잣돈이라고 가지고 있어야 한다고 엄마의 허리춤에 채워 달라고 해서 달아 드렸다고 간병인의 말에 눈물이 앞을 가렸습니다. 나는 엄마의 마음을 잘 압니다. 한 푼이라도 모아서 자식들에게 주려고 혹시나 해서 급한 마음에 엄마는 안전하게 자식에게 전달되기를 바라는 마음에서 연구했던 아이디어였습니다. 그 돈을 어찌 쓸 수 있겠습니까!

장례를 끝내고 집에 가서 엄마의 유품을 정리하니, 이곳저곳에서 자식들이 준 돈 봉투를 묶어서 목돈을 만든 게 몇 개가 나왔습니다. 엄마의 비상금 통장은 몇 개 더 있어 아버지와 합장한 국립묘지에서 엄마의 손자 손녀들을 모아 놓고 엄마 대신 장학금 전달을 골고루 똑같이 하겠다고 엄마의 영정사진을 들고 뜻을 전달했습니다. 임용고시를 준비하던 엄마의 외손자는 훌쩍거리며 울고 있었고, 할머니의 따뜻한 사랑의 큰 장학금을 받은 중학생 손자는 너무 큰돈이라 놀랐고, 결혼을 앞둔 외손자와 대학생 손녀 모두 8명은 할머니의 크나큰 정성에 감동하였습니다.

엄마가 떠나시고 어버이날이 다가올 무렵 공허한 마음을 가눌 길 없어서 슬퍼하다가, 엄마가 모아둔 몇 백만 원으로 내 이름으로 통장을 만들고 괄호에 엄마 이름을 따서 명순 재단이라고 통장을 만들어서 형제자매 단체 카톡 방에 올렸습니다.

'엄마가 보고 싶고 엄마에게 맛있는 것 사드리고 싶은 마음이 들 때는 엄마 통장에다 입금하자.', '이 돈을 모아서 엄마의 손자 손녀들에게 장학금을 주거나, 결혼할 때 축하로 할머니가 주는 돈이라 생각하도록 하자.'라고 의견을 제시했습니다. 모두가 의견에 찬성하며 좋아했습니다. 평소 엄마가 해 오던 방법을 우리가 이어받게 된 것입니다. 어차피 엄마를 주면 한 푼도 쓰는 법이 없는 엄마는 살아계셔도 돈을 모아서 비상시에 자식들은 다 컸으니, 손자 손녀들을 위해 저축을 했으리라 생각되었습니다. 엄마는 돌아가셨지만 엄마의 사랑은 우리 자식들이 이어 가고 있으니 그 사랑이 영원할 것입니다.

어버이날 카네이션을 달아 드리고 싶어도 안 계셔서 통장에 입금하고 나니 조금이나마 위안이 되었다는 여동생을 보니 그나마 공허한 마음을 달래줄 수 있어서 다행이었습니다.

복숭아를 매우 좋아하셨는데 복숭아 맛이 깊어지는 날에는 더욱 엄마가 그리워서 눈물이 났습니다. 나 혼자 먹으려니 마음이 슬퍼져서 엄마의 장학통장에 입금하고 나니 위로가 되어 마음이 잔잔해졌습니다.

엄마가 돌아가신 후 맞는 첫 번째 생신을 앞둔 지금 우리 형제자매들은 엄마의 장학재단에 입금하기로 했습니다. 가끔씩 엄마의 장학통장을 보고 있노라면 자식을 위해 헌신과 고생만 하시던 엄마가 생각나서 눈시울을 적시고 있습니다. 항상 미래를 위해 저축하고 급할 때를 대비해야 한다고 잔소리처럼 들려주시던 엄마의 목소리가 오늘따라 그립습니다.

엄마의 정신을 잘 이어받아 희망을 품고 열심히 살겠습니다. 엄마 감사합니다. 그리고 사랑합니다.

가장 뜨거운 손

국립대전현충원은 계룡산 줄기의 넓은 평지에 자리 잡고 있다.

현충원 입구의 시원한 물줄기가 솟아오를 땐 용솟음치며 굽힐 줄 모르는 젊은 그들의 삶을 느끼게 하며 사라지는 물줄기에서는 죽기를 각오하고 나라를 지키려던 그들의 목숨 같기도 하다. 용맹스럽게 이름 모를 전투에서 숨져간 그들의 넋을 위로하는 총성이 울리는 현충일에는 가슴이 뭉클해서 눈시울이 뜨거워진다. 남편과 아들을 눈물로 부르는 어머니의 애절한 소리에 지난날 조국의 아픔을 느끼게 한다.

6월 호국의 달엔 우리 오 남매는 약속이나 한 듯이 국립묘지에 각자 맡은 음식을 준비하여 모인다. 꼭 소풍 가는 기분이 드는 날이다. 그동안 못 만난 우리 형제자매는 아버지 묘비 앞에서 회포를 풀고 온다. 아버지는 우리나라의 중간쯤인 대전에서 우리를 만나게 해주셨다. 큰아들인 오빠와 큰딸인 나는 서울에서, 어머니와 다른 동생들은 창원과 구미에서 출발하면 대전국립묘지에 서로 비슷한 시간에 도착하게 만들어 주셨다. 아버지께 도착 신고식을 마친 우리 가족은 6월의 푸른 녹음에서 솔 향기를 맡으며 푸른 잔디 카펫에 앉아 진한 가족애를 나눈다.

우리 부모님은 잦은 의견 충돌로 괴로움 속에 사셨다. 나의 어린 마음에도 조금만 이해하면 될 거로 생각했지만, 부친은 6·25전쟁의 고통을 잊기 위해 술을 많이 드셨고, 술을 드시면 어머니에게 더욱 시비가 심하셨다. 다른 가정은 행복해 보일 때, 나는 어머니가 우리를 두고 집을 나가실까 봐 마음이 쓰여 눈물과 불안으로 어린 시절을 보냈다. 부모님이 다투신 날 밤은 깊은 잠을 잘 수가 없었다. 어머니가 집을 나가시면 큰딸인 내가 동생들을 돌봐야 하는, 마음의 무거운 짐을 느꼈기 때문이었다. 그런 환경에서 성장한 나는 결혼하면 절대로 싸우지 않겠다고 맹세를 하며 살아왔다. 다행인 것은 그 속에서도 나의 부모님은 오 남매를 공부시키고 결혼시켜 반듯한 가정을 이루게 하셨다.

그러던 중 아버지의 갑작스러운 간암 소식은 가족 모두에게 커다란 충격이었다. 어머니는 대수술을 두 번이나 받으시고 배를 움켜쥐고 방을 뒹구는 고통을 겪는 날이 많았지만, 아버지는 건강하셨던 분이라 걱정을 안 했다. 어머니는 설마 그럴 리가 있겠냐며 아버지의 간암 소식을 받아들이지 않으셨다. 간암 말기 환자는 길어야 3개월~7개월을 버틸 수 있다고 하여 우리 가족은 아버지 얼굴만 봐도 눈물이 나서 밥이 목에 넘어가지 않고 눈물 뒤범벅으로 처음 한 달을 보냈다. 나는 결혼 후 어머니께 안부 전화를 드려도 다투지 않으셨냐고 물었지 건강은 어떠하신지 묻지 않았다. 아버지의 건강을 챙기지 못한 게 매우 후회스러웠다.

아버지는 건강이 더 나빠져 임종이 다가왔다. 중환자실로 옮겨지고 혼수상태로 들어간다는 의사의 말에 내가 서울에서 아버지가 입원해

계신 창원 병원으로 내려가는 시간은 1분 1초가 길게 느껴졌다. 병원에 도착하자 사위보다 먼저 큰딸이 인사하고 나오라는 간호사 말에 중환자실로 급히 들어가서 "아버지 큰딸 영미가 왔습니다."라고 말을 하고 손을 잡아드렸다. 아버지는 이미 말문은 닫으신지라 손만 꼭 잡고 계속해서 흔들어주시고 아버지의 눈가에는 눈물이 흐르고 있었다. 아버지는 힘들게 견디며 큰딸이 오기를 기다렸다가 '큰딸아 그동안 수고했다. 사랑한다. 혼자 남은 어머니를 부탁한다.'라고 무언의 마지막 인사를 하시는 것 같았다. 이 모습이 아버지와의 마지막 만남이었다. 지금 생각하면 아직도 눈물이 흐르고 세상에서 가장 뜨거운 사랑의 손이 아니었나 생각된다. 다음엔 큰사위가 들어갔으나 혼수상태가 되어 알아보지 못하고 그날 밤이 새도록 계속 손을 휘휘 젓고 눈을 부릅뜨신 채 끙끙 앓고 계셨다.

내가 대신 저 고통을 조금이라도 덜어 줄 수 있다면 마음이 편할 텐데 아무런 힘이 못 되는 게 괴로웠다. 그날 새벽에 나는 친구 목사에게 연락해 임종 예배를 아침에 드려 달라고 부탁했다. 찬송을 부르고 기도하고 예배드리고 하는 동안 아버지께서 마음이 편안해지셨는지 내가 서 있는 곳으로 목을 돌리시어 나쁜 오물을 급히 내민 나의 손에 토해내시고 또 한 번 더 토해내시더니 그제야 편안히 눈을 감으셨다. 그 위험하고 험난한 6·25전쟁도 이겨내셨는데, 하루아침에 아버지는 한 줌의 재로 태극기에 감싸인 채 대전 국립묘지에 묻히셨다.

아버지가 돌아가신 후 어머니의 생활은 말이 아니었다. 그렇게 다투시며 미워하던 마음은 어디 갔는지, 갑자기 떠난 아버지의 빈자리가 너무도 커서 못해 드린 아쉬운 마음과 그리움에 눈물만 흘리고 다니셨다. 그 모습에서 어머니의 또 다른 나약함과 부부의 애틋한 정을 느낄 수 있었다.

"살아생전에 잘 지낼 걸 왜 그렇게도 많이 싸웠는지." 맛있는 음식을 앞에 두고는, "우리 할배 생각이 나서 못 먹겠다." 하신다.

어머니는 아버지가 누워계신 대전국립묘지에 날마다 가고 싶어 하신다. 국립묘지에서 아버지 비석이라도 쓰다듬고 오면 마음이 나으신 모양이다. '잘 지내셨더라면 후회가 없었을까?' 미움의 정도 무서운 아픔이고 그리움이다.

공군으로 복무 중인 큰아이가 말한다. "외할아버지가 정말 훌륭하시네요. 어린 나이에 군 생활을 하시고 용감하게 적과 싸우고도 살아남으셨다니." 군인 아들이 친정아버지의 군인 생활 이야기를 해달라고 하니 지금 당신이 계셨더라면 정말 실감 나게 이야기해 주실 텐데 아버지가 안 계신 것이 너무 아쉽다. 공군으로 복역한 아들도 이제는 의연한 가장이 되어 내 아버지의 무용담은 추억으로 소환되어 이야기를 나누고 있다.

살아생전 어머니는 '내가 죽으면 네 아버지 곁에 가길 싫다.'라고 하시더니, 세월이 지날수록 그리움이 살아났을까 아버지가 계신 대전국립묘지에 합장으로 하는 것을 의견을 주시고 약속했다. 젊은 시절은 많이 다투던 분이 '그래도 우리 할배가 최고인가보다.'

홀연히 떠나버린 어머니를 아버지 곁에 합장해드리고 나니, 두 분이 떠나고 남은 빈자리에는 그리움만 가득하다. 쓸쓸하고 허전한 마음을 달랠 길은 대전 현충원을 찾는 일이라, 두 분을 찾아뵐 날을 고대하면서 마음을 위로해 본다.

자존심

사람이 살아가는데 중요한 것이 무엇인가? 무엇을 위해 우리는 정신없이 뛰어왔는가?

삶이 한순간이고 부질없이 사라진다는 것을 깨달을 때면 돌이킬 수 없는 먼 길을 떠난다. 아옹다옹 그렇게 살 이유도 없고 미워하거나 배척할 이유도 없는 우리의 삶이다. 자존심과 고집으로 용서하지 못하고 마음의 문을 닫고, 서운함으로 살다 보니 서로 등지고 남남이 되어 홀로 외로움을 안고 살아간다. 그렇게 살지 말았어야 하는데, 얄팍한 자존심에 담을 쌓고 무정한 세월을 보낸 것이 후회스러울 뿐이다.

사람과 사람을 이어주는 고리가 무엇인가를 생각할 때가 많다. 이해와 관심으로 마음을 닫은 이들에게 손을 내밀어야 하는데 타이밍을 놓치고 나니 점점 더 멀어졌다. 이해는 했으나 기회를 놓치고 나니 몸과 마음이 멀어져서 연락조차 하지 못하는 서로의 모습이 안타깝다. 상대방의 입장에서 생각해 보면 충분히 이해할 수 있는 일이라, 조금만 양보하면 아무런 문제가 되지 않았을 텐데, 때 늦은 후회로 슬픔만 안고 사는 세월이 야속하기만 하다.

자기에게 가장 상처를 많이 주는 사람이 누구인가에 대해 설문조사를 한 결과를 보아도 제일 가까이 있는 가족이었다. 무심코 던진 말로 상처를 주었다면 바로 화해하는 게 필요하다. 그 당시에 화해하지 못하면 상대는 마음을 닫아버리고 돌아선다. 그것으로 인해 긴 단절이 시작되는 것이다. 가족은 가장 가깝고도 멀 수가 있으니 서로의 배려로 아끼고 섬기는 삶이 중요하다.

오빠의 결혼생활은 나의 중매로부터 시작되었다. 사는 동안 자존심이 강한 부부는 많은 상처를 주고받았다. 둘이 서로 의논하다가 말투에서 마음에 상처를 입고 '나' 와는 한동안 연락이 안 된 사이에 두 사람이 헤어졌다. 두 사람의 인연이 22년으로 부부로 살았지만 돌아서니 서로의 안부는커녕 소식도 모른 체 미움만 가득 찼다.

외롭게 사는 오빠를 돌봐줄 수 있는 사람은 나였다. 경상도 고향을 떠나 서울에 와서 유일하게 가까이 살기도 하는데다, 또한 내가 중매한 책임으로 오빠를 가끔 찾아가서 돌봐드렸다.

가족이 떠난 빈집에 외롭게 살면서 오빠가 할 수 있는 일은 매주 산을 타는 것이었다. 산악회장과 산악 대장을 하면서 산악회원들과 산에 오르는 것이 오빠의 기쁨이었다. 산에서 내려올 때는 중간에서 막걸리 한 잔으로 외로움을 태워버릴 수 있는 것이 낙이었다. 오빠는 고독함을 잊기 위해 한 주의 쓸쓸함을 던지기 위해 많은 사람을 만나고 소통하여 사람이 사는 즐거움을 느끼는 그때가 삶의 유일한 행복이라고 한다.

어느새 60이 된 오빠는 면역력이 떨어지고 건강이 안 좋아졌다. 늦가을에 무리한 설악산 등반을 다녀온 후 기침을 계속했다. 여름에 집안의 모임이 있어서 그때 뵐 때만 해도 건강했다. 우리 형제자매들은 오빠가 산을 타고 다니니 폐도 건강할 것이고, 다리도 튼튼하고 몸도 탄탄해서 걱정하지 않았다. 체격이 그야말로 표준이라, 성인병은 얼씬도 못 할 것 같은 그 오빠가 갑자기 말기 암 진단을 받았다.

가족력이 있는 오빠는 간염이 있었다. 하지만 어차피 30년 후에는 죽을 건데 뭐라고 서둘러서 병원 가냐고, 간암으로 가는 데는 30년이 걸린다는 소리에 치료도 하지 않고 방심하고 편하게 생각했다. 가족과 같이 살지 않으니 간섭하는 사람도 없고 병원 가자는 사람이 없었다. 그래서 내가 억지로라도 가까운 병원에 가서 예약했다. 검사를 위해 금식한 오빠를 동행하여 병원에 가서 종합검사를 받게 했다. 끝나고 약이라도 타 줄려고 함께 대기실에서 기다렸다.

몇 시간 후, 의사 선생님을 만났다. 가끔씩 뵙던 의사 선생님은, '몇 개월만 빨리 왔으면….'라고 했다. 청천벽력 같은 소리에 몹시 놀랐다. 검사결과는, '오빠가 길어야 4개월 살 수 있다.'라고 하니 이 일을 어쩐단 말인가? 어찌 자신에게도 이렇게 무심하여 죽음을 자초했단 말인가? 자신의 몸을 돌보지 않아 방심한 대가로 이렇게 사형선고를 받으니 속상하고 불쌍하기만 해서 나는 할 말을 잊었다.

내가 중매를 안 하고 오빠가 다른 사람과 살았다면 명(命)을 재촉하지는 않았을까, 혼자된 큰아들 걱정으로 노심초사로 기도하고 지내는 엄마에게는 죽음이나 마찬가지였다. 외롭고 쓸쓸하여 집에 가도 아무도 없는 오빠는 혼자 있으니 제대로 끼니를 챙겨 먹지도 않았다. 가족과 단절된 체 12년을 쓸쓸하게 혼자서 살다가 떠나간다고 생각하니 오빠가 세상에서 제일 외로운 사람이다.

산다는 게 무엇이라고 외로움을 달래고 견디며 혼자 살아가야 했는지, 그저 오빠가 불쌍하다는 마음만 나를 동동 메여 싸고 있다. 혼자 산다는 게 얼마나 외로웠으면 산을 의지했을까? 오빠는 자식에 대한 그리움과 딸들이 걱정되어 연락을 취해봤으나, 가족들의 연락처가 바뀌는 바람에 소식을 알 수 없어서, 주민등록등본만 몇 년에 걸쳐 한 번씩 발급해 봤다는 것을 알았다.

나는 중매한 죄책감에 수소문하여 오빠의 가족들을 찾아 나섰다. 그런데 이혼한 언니 역시 행복하지 않았다. 재혼도 하지 않았고 큰 병을 얻어 병마와 투병 중이었다. 헤어졌으면 각자의 인생길을 멋지게 열어 힘차게 살아냈으면 불쌍하지는 않았을 것이다. 서로가 피해자가 되어 상처와 슬픔만 안고 살아온 것 같아 가슴이 아팠다.

엄마 곁에 있는 딸들은 혼기가 찼지만 결혼할 생각은 전혀 없다고 한다. 부모님이 행복하게 지내는 걸 못 봤으니 결혼에 대한 꿈이 사라진 것 같았다. 자녀를 생각해서라도 우리는 어떻게 살아야 할 것인가를 고민해야 한다. 자녀는 부모의 미래인 만큼 부모가 행복해야 자녀들도 행복한 꿈을 꾸게 된다.

부녀의 상봉은 세상에서 가장 중요한 순간이었다. 딸들이 아빠를 미리 찾아봤더라면 아빠가 이렇게 쓸쓸하게 살다 가시지 않았을 텐데.

회한의 눈물을 흘렸지만, 너무 늦은 시기였다. 딸들에게는 돌아올 수 없는 강을 건너가려는 아빠의 모습을 보는 1분 1초가 소중 했다.

찾아뵙지 못한 후회가 기약 없는 눈물바다가 되어 아픔으로 새겨진다. 서로의 자존심을 지키느라 손 내밀지 않은 어리석음이 안겨주는 상처는 이렇게도 잔인하단 말인가! 한 줌의 재로 남을 우리 인생인데 자존심이 뭐라고 우리는 이렇게 피 터지게 싸우는가를 반성해 본다.

자존심 뒤에 숨어 있는 커다란 행복을 잃어버릴지도 모르는데….

그나마 딸들이 아빠의 장례식이라도 함께 하여 다행이었다. 물론 슬픔은 더 깊었지만 그래도 이승을 떠나는 오빠의 영혼은 위안을 받았을 것이다. 화장터에서 많은 쓰라린 아픔을 안고 한 줌의 재로 유골함에 영면에 들어서는 오빠를 생각하면 가슴이 찢어진다. 비까지 내려 내 마음을 더욱 구슬프게 했다. 남은 자에게는 상처로 얼룩이 가득 차 있다. 사는 게 별것 아닌데~ 불쌍하게 살다 가신 나의 오빠를 잊기 위해 나는 빗물로 눈물을 지우고 있었다.

허망하게 떠나고 난 빈자리에다 무엇을 채워야 가슴의 상처가 아물까? 슬픔으로 뒤덮인 가슴에, 돌아올 수 없는 강을 건너간 오빠 생각만 하면 인생살이가 허망하여 세상 모든 것이 부질없음에 삶의 치열함을 버리게 된다.

자존심이 뭐가 그리 중요하다고! 사랑하는 사람이나 가족을 지키기 위해 내 자존심이 긁히고 상처가 나더라도, 쓸데없는 자존심은 버리고 서로를 다독여 주는 것이 행복의 지름길이라 느껴진다.

이 또한 지나가리라

계절이 오고 가는 것을 보면서 내 삶의 위치는 어디쯤 가고 있는지 뒤돌아보게 된다. 황량한 겨울처럼 시린 가슴일 때는 고난의 시기가 아니었나 싶다.

앞만 보고 달려간다지만 엎친 데 덮친 격으로 너무 많은 일로 비롯되는 시련이 한꺼번에 몰려올 때가 있다. 나에게 언제쯤 봄이 올까, 힘든 시기에 어울리는 단어로 마음을 붙잡은 문구가 있었으니 솔로몬의 명언 '이 또한 지나가리라'이다.

개인의 사사로운 삶의 무게보다도 사업을 하다 보면 많은 직원과 함께 가야 하는 커다란 숙제가 있기 마련이다. 갑작스러운 인건비 상승과 대기업들의 해외 진출로 국내시장의 매출이 감소하고 대기업과 거래하던 업체는 매출이 줄어 더 힘들게 된다. 그에 따라 영업이익도 줄어 회사는 자금이 부족하여 어려움에 처하게 된다.

부유하려고 사업을 하는 게 아니라 더불어서 같이 가야 한다는 마음가짐은 일자리 창출의 대표로서 느끼는 책임감이 크다. 많은 직원들과 그에 따른 가족도 있고, 우리 사업장 거래로 2차 밴드 매입처의 입장에서는 30~50%로 의존하고 납품하는 업체도 있다. 물론 100%로 우리 회사만 거래하는 업체들도 있어, 그 업체들의 직원들 고용문제도 있다. 이 경우 연쇄적으로 인원 감축 등 참으로 힘든 선택을 해야 한다. 그렇다고 누가 알아주지도 않지만 사명감으로 힘들어도 버텨야 내야만 했다.

힘든 가운데 소송에 휘말렸으니 더 괴롭고 힘들었다.

다른 회사 사장님이 직원들의 복지를 위해서 체력 단련실을 만들었다고 자랑하듯이 지원정책을 소개하고 추천해주었다.

우리 회사도 설립인가 신청서를 관할 관공서에 접수하니 체력 단련실 설립이 타당성이 있다고, 계획을 진행하라고 허락해주었다.

회사는 생산시설에 당연히 신경 써야 하지만, 부족한 공간일지라도 직원들의 복지정책으로 옥상의 야외 정원을 없애고 체력 단련실을 만들기로 했다.

정부지원금은 40%로 받고 우리 회사에서 60%를 투자하여 회사 사정의 어려움에도 불구하고 70평에 체력 단련실을 만들고, 체력 단련기구도 새것을 구매하여 갖추었다. 회사에서 직원들의 복지를 위해서 정성을 드린 공간이었다.

체력 단련실을 만든 2년 후 관공서로부터 자체 내부감사 지적으로 담당책임자가 정부지원금이 나간 것은 잘못된 것이라고 통보가 왔다. 절차상 시키는 대로 했을 뿐인데 공무원이 져야 할 책임을 우리 회사에 전가하였다.

설립인가신청서를 관할 관공서에 접수했을 때는 빨리 계획을 진행하라고 확인을 해주어서 설계사무실에 설계를 의뢰하였다. 설계업체는 민간 기업이니 수익을 위해서도 빠르게 움직여 설계도가 나왔다. 관공서는 우리 회사로부터 서류를 일찍 받아 놓고서도 자신들의 업무 미숙이나 절차로 인해 제때 서류 접수가 안되고 늦게 접수 되었다. 이는 자신들이 잘못했고 업무를 방치한 것이었다.

설계도가 관공서 접수보다도 빨리 나왔다고, 정부지원이 나간 것이 잘못된 것 이라고 2년 뒤에 통보를 보내 왔으니 억울하고 기가 찰 노릇이다.

이것이 업체가 돈을 받기 위한 수작이라니 이게 말이 되는 소리인가? 공무원 자신들의 업무능력을 탓해야 하는데 회사를 왜곡하고, 담당 책임자는 자신의 과실을 면피하기 위해 과태료 3배를 부과시키고 다른 곳으로 전임신청을 해서 가버렸다.

접수한 우리 회사 직원은 억울했는지 임원인 나에게 보고했다. 내가 관공서를 찾아갔으나 담당 책임자가 다른 곳에 가버려서 모르겠다고 했다. 관내 행정 조정실에서는 자기들이 봐도 문제가 되지 않을 것인데 왜 과태료를 3배를 부과시킨 것인지 모르겠다고 하면서 이는 담당자의 소관이라고 했다.

난 너무 억울해서 빨간 글씨의 피켓을 들고 그 관공서 사무실 앞에서 난생처음으로 1인 시위를 했다. 자신의 업무 태만으로 늦장 처리는 생각하지 않고 이런 망언을 하고 담당자는 도망치듯이 사라져버려서였다.

부과된 3배 과태료를 취소하기 위해 변호사를 선임하여 재판을 해야 했다. 업체의 잘못도 아니라고 인정하고 행정소송 1심법원에서 절차상 공무 담당자의 업무 실수나 미숙으로 업체의 지원이 잘못 나갔다고 하더라도 지원한 금액만 회수해야 한다고 판결이 났다. 판례와 조례를 수집하여 볼 때는 업체는 아무 문제가 없었다고 했다.

관공서에서는 자존심이 상했는지 대기시킨 변호사가 있어서 고등법원으로 2심 항소를 했다. 관공서와 붙어서 재판에 대응한다는 것은 쉬운 것이 아니었다. 엄연히 고등법원 판결에서도 우리 회사는 절차상 문제가 없었고 1심판결을 인정했다.

다시 그 관공서는 상고하여 3심 대법원까지 가는 바람에 3년을 시달렸다. 대법원에서는 기각으로 처리되었다.

억울함을 풀기 위해 소송비 몇 천만 원을 지불했다. 법원을 수시로 다녔으니 고난의 시간이었다. 우리 직원에게 맡기기에는 너무 큰 사건이라 사장님께 보고하고 끝까지 내가 서류와 소송에 대응해야 했다. 결론은 업체에서는 잘못된 것이 없다고 하는데 말이다.

수많은 판례를 비롯해서 관련법 공부를 하고 자문을 받으려 다니고 하느라 심신이 시달렸다. 법무팀의 업무를 처리하는, 우리 회사에 연계된 분은 있었으나, 나만큼은 절실하지 않았기 때문에 내가 전쟁을 치르듯이 임했다. 이외의 소송이 2건이 더 있었으니 참 괴로웠다.

그 외 많은 사건을 겪는 중에도 내가 정신을 가다듬고 수습에 임해야 했다. 나의 괴로움을 잊게 해 준 것이 극동방송 찬양대회였다.

세종문화회관에서 전국교회에서도 대표적으로 큰 교회들 중 여건이 맞아야 대회에 나갈 수 있었다. 목동에서도 큰 교회인 우리 교회에는 교인들 중에 인재들이 많아 찬양대회 참가 신청이 선착순이었다. 우리 구역 사랑방에서 나도 모르게 어느결에 선착순 안에 소프라노를 신청해버렸다. 나는 몇 개월 동안 주일이면 찬양 연습에 열정적으로 몰두하다 보니 괴로운 시간을 잊어버리는 것이었다. 드레스를 입고 극동방송에서 생방송으로 나온다고 하니 실수하지 않게 최선을 다해야 했다. 괴로운 상황 속에서도 찬양으로 '이 또한 지나가리라' 말을 되새기며, 힘든 한 해를 보냈다.

이럭저럭 다시 새해를 맞이했으나 사건들이 정리는 되지 않았고 힘들었다.

나를 위해 할 수 있는 것은 해외여행이었다. 머리도 식힐 겸 두바이를 경유해서, 스페인과 포르투갈 여행을 계획하고 멤버를 꾸렸다. 여행사에 입금하고 해외여행의 부푼 기대로 힘을 내어서 살기로 했는데 또 일들이 터졌다.

일을 마무리하려면 순서가 있듯이 정리를 하는데도 절차가 있는데, 엉터리를 부리고 저주의 말을 쏟아 붓고 밤낮으로 상대방이 나에게 문자로 괴롭혔다. 또 중요한 대출이 있는데 보증보험회사와 대기업과 시간의 소요로 마무리를 하지 못했다.

그리고 엄마의 건강상태가 너무 안 좋아서 여행 갔다가 도착지에서 바로 돌아와야 할지도 모른다는 불안감도 있었다.

스페인 여행으로 이미 여행비는 모두 지불했다. 저녁 9시에 인천공항에서 만나서 떠나기로 했는데, 저녁 7시 반까지 나는 회사에서 마무리를 위해 머물러 있었다. 일행들과의 여행 주선은 내가 했으므로 나에게 어디쯤 왔냐고 전화가 왔다.

여행사에 큰돈을 지불했으므로 몇 퍼센트라도 환불해 주냐고 물어봤지만 안 된다고 하였다. 출발 시각이 촉박해서 나는 여행을 포기해야 했다.

잠시 후 그 어디서 용기가 났는지 떠나기로 마음먹고 회사를 빠져나왔다. 7시 반에 퇴근하면 집에 가는 데도 시간이 제법 걸린다. 나는 집에 도착하자마자 여행 가방에 추가로 필요한 물건을 챙겨 넣고 인천공항으로 출발했다. 고맙게도 남편이 공항까지 배웅해주었다. 매우 빠르게 움직여서 일행과 만나서 함께 두바이 행 비행기를 타고 스페인에 갈 수 있었다.

스페인에서 새벽 3시면 한국에서는 출근하여 일을 한참 하는 시간쯤 되었다. 그때쯤에는 나는 이불을 뒤집어쓰고 우리 회사의 경리책임자와 대출 관련 담당 책임자들과 통화를 해서 완벽하게 마무리했다. 그렇게 엉터리를 부리고 나를 괴롭힌 사람도 나의 의견에 따르며 정리하여 주었다.

힘들어하던 엄마도 건강이 회복되었다고 했다. 모든 게 정확한 날짜에 정확하게 정리되었다. 유럽에 있는 동안 모든 일이 해결되어 감사의 시를 한 편 썼다. 너무 힘들고 괴로워하는 내 모습을 보시고 유럽땅에 보내서 편히 쉬게 해주시려고 한 하나님의 은혜였으리라.

'이 또한 지나가리라!'

돈으로 살 수 없는 기회를 얻어 두려움 없이 마음껏 누렸던 해외여행이었다. 스페인의 알함브라 궁전의 정원은 참으로 아름다웠다. 또 도심에서 바라본 알함브라 궁전의 야경은 또 다른 감탄을 자아냈다. 성 패밀리아 성당은 1882년에 착공하여 2026년에 완공한다니 완공된 후에 다시 방문해볼 날을 기다려 본다.

너무 힘들고 괴로울 때 낙심하지 말고 기다려 보자. 참고 견디다 보면 좋은 날이 오리라. 때로는 사막에 있을지라도 언젠가는 오아시스를 만나게 되리라.

감당할 만한 시험을 주니 힘들어도 견디어보자.

어느 순간에 '이 또한 지나가리라.'

오늘은 아군 내일은 적군

살다가 보면 가장 억울한 일이 배신을 당하는 일이 아닐까 생각된다.

젊은 친구들에게 일자리 기회를 주고 '기술을 배워서 나중에 힘이 되어라.'라며 아무것도 모르는 초보를 데려다가 개인사업장에서 기술을 가르쳤다. 생초보를 처음에 아무것도 몰라 하나씩 가르쳐 급여가 적었지만 연수가 올라가고 기술이 늘 때마다 연봉을 올려주었다. 3년 정도 기술을 가르치면 욕심이 있게 배우는 친구라면 웬만한 중간기술자 정도가 될 수 있다.

그렇게 3년을 이끌어 주고 기술을 가르쳤더니 본인은 경력자라고 하여 비슷한 업체에 연봉을 협상하고 퇴사를 한다고 했다. 심혈과 정성을 다해서 기술을 가르친 책임자는 '멘붕'에 빠졌다. 왜냐면 지극정성으로 가르쳤는데 책임자가 맘에 안 든다고 퇴사 이유를 썼기 때문이었다. 이왕 마음이 떠난 자를 붙잡지 않고 며칠 후 퇴직금을 정산해서 오전에 송금해주었다. 그런데, 그날 오후에 퇴직금을 안 받았다고 고발장을 노동부에 넣었으니 이건 무슨 배신인가? 사기를 당한 것 보다 더 억울했다.

헌신적으로 지도하고 퇴직금처리도 완벽하게 정리했는데 노동부에서 사법경찰이라고 대표자가 출석해서 조사를 받으라는 거였다. 난 퇴직금을 은행에 송금해준 영수증과 급여 및 모든 사실 증명서를 한 보따리를 준비해서 내가 직접 찾아갔다. 남편은 법인회사의 대표이사로 개인회사는 내가 직접 관리한다고 하여 심문을 받았다.

사법경찰이 내가 가져간 모든 증거 서류를 보고는 '요즘 아이들 하는 행동을 보니 기가 찰 노릇이다.'라고 말했다. 엄연히 송금영수증에 괄호하고 '퇴직금'이라고 씌어 있고 퇴직금 계산 명세서와 내용이 동일한데 고발장을 냈다니 기가 찬다고 했다. 예전 직장에 다니면서도 한 번 더 퇴직금을 받아낸 전적이 있다는 소리를 우리 직원이 들었다고 했다. 예전처럼 엉터리 고발장을 내서 한 번 더 퇴직금을 받아볼 심사였음이 드러났다. 심한 배신감이 들었다.

노동부 사법경찰이 나에게는 죄송하게 되었다고 사과하고, 퇴직 고발자를 향해서는 이렇게 잘 챙겨주고 잘 이끌어 주는 회사 관리자에게 감사하다고 인사를 해야 한다고 하니 그는 노동부 건물에서 도망치듯 사라졌다. 사법경찰은 내가 문을 나서려니까 '참 세상 기가 차다.'라고 하면서 다시 나에게 죄송하다고 한다.

살다가 이런 일은 처음이자 마지막인 줄 알았더니 다음에 뽑은 직원은 성실도가 떨어져서 무단결근을 하니 책임자가 타이르고 출근을 해라고 했더니 회사를 안 나가겠다고 했단다. 보름 이상을 기다리다가 구두 상으로 퇴사한다고 책임자는 보고받았다고, 퇴사 신고를 해달라고 관리자인 나에게 요청했다. 내가 바빠서 못하고 직원에게 퇴사 신고를 부탁했다. 퇴사한 직원이 보름 뒤, 퇴사 신고를 했다고 정신적인 피해를 보상해달라고 한다. 담당 책임자에게 출근 안 하겠다고 구두로 보고한 것은 무엇이냐 물으니 퇴사자는 시치미 떼고 그런 적 없다 하고 노동부에 신고해서 처리할 거라고 협박을 한다.

참으로 개인사업장에 몇 명 되지 않아 기술 책임자 밑에 업무를 보조하라고 붙여주었더니 관리를 못 했으면 노동부에 가서 사실을 증명해 주라고 하니, 책임자 자신이 퇴사 관련한 일들을 모두 증명하여 마무리하고 오겠다고 했다. 노동부 가야 하는 날, 책임자는 자기도 잘 모르겠다고 발뺌을 했다. 괜히 귀찮고 또 시달리니 모른 체 하는 게 낫다고 생각한 것이다.

퇴사자가 직접 만나자고 하여 내가 노동부 근처에 가서 퇴사한 직원을 직접 만나니, 노동법을 들먹이면서 대표자 구속이나 벌금 3천만 원 나올 것인데, 깎아서 반띵으로 1,500만 원 해줄 테니 1원도 깎지 마라고 한다. 듣는 순간 기가 차서 말문이 막혔다. '언제까지 돈을 안 주면 노동부에 신고하겠다'하며 으름장을 놓았다.

세상에 이건 무슨 말인가, 절대로 그렇게는 못한다고 했더니, 돈을 못 받았다고 신고를 해서, 노동법에는 약자를 구한답시고 벌금을 나오게 하였다. 노무사를 찾아가니 무슨 이런 사기꾼이 어디 있냐고 하여 벌금을 인정할 수 없다고 행정 소송으로 대응하여 행정심판으로 가게 되었다.

세상에는 살다 보면 별의별 일이 다 있는 것이다. 개인 회사 대표자인 남편과 퇴사 신고를 한 직원이 따라가서 행정심판 재판을 받게 되었다. 퇴사 신고를 한 직원은 재판장에 갔다 오더니 얼어붙어서 겁을 내고 떨고 있었다. 도저히 법적 대응이 힘들다고 변호사한테 맡기는 게 어떻겠냐고 했다. 본인에게 불리할까 봐 무섭다고 변호사가 대응해야 한다고 자기를 부르지 않도록 해 달라는 거였다.

내가 불안해 하는 직원을 다독여주고 나니, 남편은 나에게 변호사를 선임하라고 했다. 소송을 한다는 것은 많은 시간이 걸리기도 하고, 벌금보다 변호사비가 몇 배로 많이 드니 알아서 내가 처리할 테니 걱정 마라고 안심시켰다. 회사가 잘못한 것도 없는데 왜 이렇게 스트레스를 받고 힘든 것인지. 직원들에게 일자리 준 것밖에는 없었는데 회사가 무슨 죄가 있단 말인가?

난 담당 검사에게 진실을 밝히고 싶어서 편지를 써서 보냈다. 이건 억울하다고, 만나고 싶다고 이야기를 들어보고 판단하시라 했다. 담당 검사를 만나는 일은 쉽지 않은데 재판 중에는 안 되는 일이지만 검사가 나를 초대했다.

"남편은 법인 대표이사로서 너무 바쁜 일정이고 퇴사신고 시점에는 중국과 말레시아 해외법인에 출장중이었고, 개인회사 직원 몇 명 안 되니 난 법인회사의 상무이지만, 남편의 개인사업장의 모든 것은 제가 관리합니다. 우리 사장님은 아무런 죄가 없습니다. 모든 책임질 일이 있다면 나를 구속하세요."라고 큰소리로 당당하게 외쳤다.

"그렇지만 내 이야기를 들어보시고 구속하세요."

"본인이 책임자에게 그만두겠다 하여 퇴사 신고를 했는데 정신적 피해 보상으로 그게 벌금 3천만 원 중에 반띵을 달라고 하면 이걸 어떻게 보십니까, 공갈 협박 아닙니까?"

하고 싶은 이야기를 하니 속이 시원했다. 벌금이 많거나 무서워서가 아니고 정확한 진실을 알려 검사의 판단을 묻고 싶었고, 억울하게 당하고 있는 현실에 나의 자존심이 허락하지 않았다.

검사 왈 "이런 거지새끼 같은 놈이 있나." 같이 욕을 해주었다. "제가 미리 이런 일이 있었다는 것을 알았다면 벌금을 매기지는 않았을 텐데, 너무 죄송하고 미안합니다."라고 한다. 벌금이 나간 이상 검사의 입장이 있으니 억울하시겠지만 이해를 해주시고 미리 알았다면 취소해 드렸을 텐데 행정법상 지금은 힘드니 용서를 구했다.

퇴사직원의 책임자가 노동부에 와서 정확하게 설명을 했더라면 이런 지경까지 오지 않았을 텐데 정말 '직원은 직원이다'라는 생각이 들었다. 검사의 마음을 알고 나니 억울함 속에 갇힌 철장 문이 열리는 기분처럼 억울하지만 답답함이 사라졌다.

담당 검사도 이야기를 들어보니 미안했는지 나를 위로해주고 엘리베이터 문 앞까지 배웅 나와서 정중하게 인사를 했다.

세월이 험악하다고 해도 진실은 살아있고 진심만 알아주면 마음이 편할 수 있었다. 사건 이후 한 달 뒤 추석 명절에는 검사의 안부 전화가 핸드폰으로 왔다.

'상무님 잘 지내시고 건강하신지요?'라고 안부를 물어주었다.

깔끔한 외모에 젊은 검사는 법으로 잣대를 매겨야 한다고 생각했지만 나의 진실한 하소연에 진심으로 공감하고 마음을 위로해주었다.

그 이후 개인사업장은 책임자부터 밑의 직원까지 직접 챙기니 아무런 문제가 없으며 직원들이 서로 가족처럼 아끼고 알아서 잘하고 있어 감사하다.

젊은 친구들의 배신에 당황스럽고 직원들은 자신의 입장에서 숨어버리니 세상에 당당하게 맞서야 하는 사람은 바로 나였으므로 펜의 힘이 법보다 아름다운 것이리라.

잠은 묘약妙藥

많은 시련과 고통이 있을 때 푹 잘 잔다는 것은 그렇게 쉬운 일은 아니다.

힘들 때 자고 나면 몸이 가뿐해진다. 안정을 취하고 새로운 힘을 충전할 수 있다는 게 어떠한 영양제보다도 훌륭한 약이 될 수 있다.

때로는 적막이 흐르는 고요한 한밤중 시간을 효율적으로 사용한다면, 집중력이 좋아서 많은 일을 해낼 수 있는 보석 같은 시간이 되기도 한다. 또 시간의 열매를 엮어 올리는 황금어장 같은 시간이 되기도 한다. 하지만, 잠을 꼭 자야 하는 경우에는 다르다. 허기진 배는 쉽게 채울 수 있는데 잠은 청할수록 눈동자가 영롱하도록 맑아져서 하얀 밤을 지새우기도 한다.

내 지인은, 잠을 자고 싶어도 몇 개월 동안 하루에 겨우 2시간에서 3시간밖에 자지 못했다고 했다. 잠을 너무 못 자다 보니 면역력이 떨어져 어느 날 지인이 갑작스럽게 쓰러져서 앰뷸런스에 실려 응급실에 갔다는 소식을 듣고 몹시 놀랐다. 친구처럼 지내는 지인은 얼마나 괴롭고 힘들면 50대 중반에 자신의 영정사진을 찍어두었다고 했다. 난 잠이 안 와서 고민이라는 하소연에도 예전에는 세상살이가 얼마나 치열한데 잠 때문에 고민이라고 생각하는지 이해가 되지 않았다.

이렇게 고통을 받았던 지인을 보면서 숙면은 최고의 명의였고 보약이라는 걸 깨달았다. 또 피곤한데도 잠이 오지 않아 밤새워 뜬 눈으로 뒤척이는 날도 있고, 중요한 업무에서 잠을 자면 안 되는 순간에 눈을 똑바로 뜨기가 힘들 때는, 눈꺼풀이 얼마나 무거운지 손으로 눈을 벌려보아도 정신을 차릴 수가 없었던 적도 있었다. 졸면 안 되는 시점에 졸음을 떨치기 위해 자신을 꼬집어보기도 했지만 이길 수가 없었다.

결혼 전 금융계에 근무할 당시 예전에는 출납직원을 두 명씩 한 팀으로 묶어서 업무를 담당시켰다. 그 당시에는 토요일 근무에다 5만 원 지폐도 없었고 현금을 많이 선호하는 시절이라 은행에는 현금 보유가 많았다. 잠이 부족하면 다음날은 너무 괴로웠다. 돈을 수납하고 지불하면서 정신을 바짝 차리자고 맹세하지만 졸릴 때는 이길 수가 없어 현금사고가 났을까 봐 저녁 마감 시간에는 마음이 조마조마했다. 돈을 헤아리면서 졸음이 쏟아지기 시작하면 커피를 마셔보고 앉았다 섰다 움직여 보고 자신을 꼬집어 충격을 줘도 졸음을 물리칠 수가 없었다.

은행의 금고에는 담당자 외는 출입금지가 되어 있었지만 현금 보관창고는 담당자만 들어갈 수가 있는데 그곳은 잠 올 때는 잠깐 잘 수 있는 최적의 비밀 장소였다. 책임자이신 과장님도 출납 담당자의 현금창고는 조심하게 되어 함부로 들어 올 수 없는 곳이기도 해서 간섭 안받고 쉴 수 있는 곳 천국의 장소였다.

입행해서 얼마 되지 않았을 때 나는 전날 잠을 못 자서 피곤했는지 잠깐 다녀오겠다고 지불담당 선배에게 수납을 부탁하고 현금창고에 열쇠를 들고 들어갔다. 현금이 대형금고에 들어가고도 남다 보면 부대자루 같은 곳에 돈은 넣어서 쌓아 놓을 수밖에 없었다. 돈을 상품으로 봐야지 돈이라고 생각하면 안 된다는 실습 첫날 과장님의 말씀이 귀에 박혀 있었다. 상품처럼 쌓아 놓은 만 원권 지폐 2~3억이 되는 부대자루를 소파처럼 누워서 잠깐 자면 처음에는 돈의 지폐 냄새가 심하지만 있다가 보면 내 집의 안방처럼 포근했다.

나는 잠깐 20분만 눈 붙이고 오리라 생각하고 금고에 들어갔다. 잠깐 시간 비우겠다는 후배가 화장실 갔나보다 기다렸던 담당 선배가 찾다가 못 찾으니 담당 과장님께 보고했다. 선배는 금고도 찾아보고 화장실도 찾아보고 기숙사 방도 찾아봤지만 나타나지 않자 책임자 과장님께 보고를 하게 되었다 한다.

금고에 자고 있을 줄을 몰랐던 것이었다. 은행금고는 이중문으로 되어 있고 현금보관 장소는 철창으로 다시 잠금장치가 되어 있어 자물쇠를 걸어놓고 깜깜한 구석에서 잤으니 아무도 나를 발견하지 못했다. 갑자기 돈을 만지다가 사라졌으니 책임자의 마음이 얼마나 답답했으리라. 한 뭉치만 가져와도 천만 원이 넘으니 지금 가치로 몇 억이 될 것 같다.

그 당시 천만 원이면 내가 살던 곳에 소형 아파트 3채를 이상을 살 수 있는 돈의 가치였다. 그런데 돈을 세다 말고 사라졌으니 의심을 할 수도 있었고 현금사고가 아닌가 하여 기가 찼으리라. 조금 잔다고 했는데 한숨 푹 자고 개운했는지 밖에서는 야단이 났는지도 몰랐다. 입사한 지 얼마 되지 않은 신입사원 직원이 꿈도 야무지지 금고 그곳에서 나오리라고 생각도 못 했던 날이었다. 그날 은행 창구가 바빠서 혼난 하루이었지만 잠은 나의 최고의 보약이고 그때의 사건은 잊을 수 없는 추억이다.

충분한 수면이 삶의 질을 좌우하는데 먹는 것보다 중요하지만 마음대로 되지 않는다. 엄마의 갑작스런 뇌출혈로 심장마비가 왔고 병원에서는 비상 대기로 병원 중환자실에서 10일 정도를 뜬 눈으로 새웠다. 코로나19로 엄마를 뵙지 못했기 때문에 집에서 대기하라고 해도, 엄마의 마지막 임종이라도 봐야 한다는 절박감에 병원 한구석에서 눈을 조금씩 붙이고 지냈다. 면회가 안 되니 급하거나 호출할까 봐 기다리고 또 기다렸다.

나는 서울에서 지방에 계신 엄마를 살아생전에 못 뵈었다는 이유로 가슴 시린 나날을 그곳에서 며칠을 보냈고, 장례를 치르고 나니 나의 건강은 여태까지 느끼지 못한 고통이 찾아 왔다. 자다가도 엄마가 갑자기 떠나신 바람에 공허한 마음을 주체할 수가 없었고, 잠을 이룰 수가 없어서 하루에 4시간 자면 많이 잔 것 같았다. 두 달을 그렇게 보내고 나니 나의 체질은 4시간짜리 잠에 규칙이 되었는지 더 이상 자고 싶어도 잘 수가 없었고 급기야 얼굴에서 나에게 사인을 보내기 시작했다.

나는 건강하다고 생각하고 살았는데 이유 없이 얼굴을 바늘로 찌르는 것 같이 너무 따가 왔다. 이런 적이 없었기에 고통의 눈물은 나의 건강을 돌보라는 신호였을까. 면역력을 올리려고 음식으로 신경을 써 봤지만 효과가 없는 나날을 보냈다. 고통을 떨치기 위해 여러 사람에게 자문도 해보고 병원에도 갔지만 별 방법이 없었다. 아무래도 심한 스트레스 때문인 것 같았다.

나 자신의 치유를 위해서 수면이 부족하다는 걸 알고 최면을 걸듯이 명약인 잠을 청하기로 노력을 했다. 그 노력의 덕분으로 이제 생체리듬의 안정감을 찾아갔고 얼굴의 고통이 조금씩 사라지더니 이제는 나아졌다. 잠을 잘 자는 것이 효과가 좋은 명약 중에 묘약(妙藥) 같다는 생각이 든다.

내가 아파보니 엄마 살아생전에 잠을 못 주무시는 날이 많았다. 기운이 없고 힘이 없어서 힘들어하셨던 엄마에게 그때 좀 더 잘해드리지 못해서 지금은 마음이 아프다. 엄마가 그리운 날은 잠을 이룰 수가 없다.

최고의 행복

사람은 누구나 행복할 권리를 가지고 태어났다.

자신이 행복하다고 생각하는 사람은 과연 몇 %나 될까? 다들 말한다. '나는 이래서 힘들고 저래서 괴롭다.'라고. 행복은 주관적이어서 밖으로 드러나는 외부환경으로 절대로 평가할 수가 없는 것이다.

자기가 좋아하는 일을 하면서 초라한 농가에서 사는 사람은 괴로움도 덜하고 행복하다. 문명을 다 누리면서 도시민으로 사는 사람은 경쟁에 더 고달픈 생활을 한다. 어떤 환경에 사는가보다는 어떤 마음으로 사는가에 따라 행복의 지수가 달라지는 것을 깨닫게 된다.

인간의 삶이 힘들게 되는 것은 좀 더 욕심을 내다가 구렁텅이 함정에 빠져 괴로움과 씨름하게 되기 때문이다. 욕심을 버리고 자연의 순리대로 평화롭게 살아가는 게 행복하게 사는 방식일 것이다.

조금만 투자하면 몇 배의 이익을 높여 원금의 몇 배를 보장해주겠다고 유혹하여, 그 말을 믿고 한평생을 모은 재산을 넣고 마지막 퇴직금을 넣는 경우가 있다. 돈이 들어올 기대만 하고 있는데 유혹했던 그들은 큰 이익을 보장해주기는커녕 흔적조차도 남기지 않고 사라져버리고 그 충격에 살아갈 희망을 잃은 사람들은 괴로워서 자살에까지 이르는 것을 볼 수 있다.

행복을 지키기 위해서는 유혹에 넘어가지 말고 욕심을 버리고 정확한 판단을 해야 한다고 생각된다. 아무리 좋은 조건을 내세워도 자신의 이익이 없으면 적극적으로 권유하지 않기 때문이다. 판단이 고민될 때는 냉정한 평가를 하고 최저의 조건을 생각하고 평가해야 한다. 최고의 이익을 생각하고 접근하다가는 최악의 엄청난 폭탄을 맞을 수가 있다는 것이다.

나 역시 은행직원의 간곡한 부탁에 몇 번이나 거절해도 회사를 찾아오고, 은행본부 금융공학센터에서도 찾아와서 모든 것을 책임질 테니 자신을 믿고 선물환 가입을 하라고 적극적으로 유도했다. 그 당시 몇 백만 원씩 외환차익이 있었으므로 그것이 미끼가 되었다. 외환시장은 어느 누구도 장담할 수 없으니 2년을 계약한다는 것은 나는 위험하다고 했다. 그러나 권유하던 직원은 절대 그럴 리가 없다고 하면서 자신이 책임진다고 해서 가입하게 되었다.

난 길게 약정하는 것을 싫어하므로 은행의 정기적금 2년 계약도 여동생이 1년 이상 넣어놓은 것에 이자를 계산해서 정리해주고 만기로 채워서 찾는데, 장기는 할 수 없다고 거부했다. 내가 그 사람을 외환업무의 전문가라고 믿었던 게 크나큰 실수였다.

키코(KIKO-knock in knock out)는 환헤지(투자, 수출, 수입 등 거래 시 환율 변동에 따른 위험에 대비해 환율을 현재 시점의 환율에 미리 고정하는 것)를 목적으로 한 통화옵션계약이므로, 환율이 일정 범위에서 움직이면 미리정한 환율(약정환율)에 달러를 팔 수 있지만 환율이 상한성 위로 올라가면 기업은 계약 금액의 두 배 이상의 외화를 약정환율에 팔아야 한다.

계약 후 미국의 리먼 브라더스 사태로 외환위기 때처럼 달러 강세가 하루가 다르게 널뛰기를 하였다. 원-달러 환율이 급격하게 상승(원화 가치 하락)하면서 기업들은 계약금액의 두 배가 넘는 외화를 마련해 은행에 약정환율로 팔아야 했다. 이에 키코에 가입 했던 수출중소기업들이 피해가 속출했다.

크게 계약한 기업은 몇 배를 물어주어야 하니 몇 개월이 지나자 많은 기업이 파산하게 되었다. 중견기업들이 이곳저곳에서 몇 천억 손실 몇 백억 손실이 터져 나왔다.

1조 매출기업도 무너지고 사라졌다. 보통 계약 기간이 2년이 많았기에 2년을 버틸 수 있는 기업만 살아남았다. 회사가 설립할 때 자본금과 이익잉여금을 다 차감하고도 빚만 남은 기업들이 속출했다. 소송하는 기업들과 은행의 분쟁 속에서 경제의 언론 매체는 키코 내용이었다.

선물환 거래를 계약 맺어놓고 후회하면서 은행에 약정의 두 배를 물어주는 결재 날이 되면 괴롭고 죽고 싶은 심정이었다. IMF때 중소기업 사장들이 자살을 할 수 밖에 없는 심정들이 이해가 되었다.

계약 당시 은행 책임자에게 확인서를 받아 놓았어야 했는데 구두로 몇 번을 이야기한 것은 법에서 구제해줄 방법이 없었다. 계약한 본부 책임자에게 책임을 물었으나 엄청난 손실금액 앞에서는 죄송하다는 말만 했다. 달리 풀 수 있는 방법이 없었다. 그를 구속하고 싶어도 그는 장애가 있는 형님을 돌봐야 했고, 아픈 노모를 봉양해야 하고 자녀와 가족이 줄줄이 그의 어깨에 매달려 있었다. 본인도 환율이 이렇게 될 줄 몰랐다고 하면서도, 책임지겠다는 소리는 아예 할 수가 없었다. 자신이 배상을 할 수 있는 여력이 없었으므로 용서만 구했다.

소송을 하게 되면 관련 담당자들이 줄줄이 엮이어 몇 명이 옷을 벗고 나가야 할 지경이었다. 은행직원과 가까이 지냈다고 하나 우리 회사를 대신해서 살림을 살아 줄 사람이 아니었다. 자신의 목표실적에만 혈안이 되었지, 과연 기업을 위하는 것이었나, 되묻고 싶어서 그를 찾아갔지만 그 사람을 구속시킬 수가 없었다. 그 사람을 살려주어야 그 사람의 가정이 살아난다는 생각으로 마음을 접고 키코 공동대책위원회를 가보았다.

수많은 기업의 사장님들이 이 사건으로 피해를 입고 화병으로 돌아가시거나 부도가 나서 폐인이 되었고 건실한 기업들이 사라진 것을 알게 되었다. 힘들어하는 사장님들이 은행에 강력한 대책을 요구하고 있지만 아직도 보상을 받지도 못하고 괴로워하고 있다.

은행본부직원과 은행담당책임자에게 계약으로 잘못되었을 경우 손해 배상 확인서를 써 달라 했으면 그 파생상품 키코를 팔 수가 있었을까? 절대로 그렇게 하지는 않았을 것이다.

아무리 친한 사이일지라도 나 자신의 거부판단이 옳다고 생각되면 분명하게 거부 의사를 밝혀야 했다. 구두로 책임진다는 것은 아무 의미가 없으며, 반드시 확인서를 받아놓아야 했음을 뼈저리게 느꼈다.

나도 모르는 사이에 도움을 주는 척하면서 자기 목표를 채우려는 사람을 조심해야 될 것이다.

산다는 게 만만하지가 않다는 것을 깨달았다! 똑바로 정신 차리지 않으면 많은 사기를 당할 수도 있고 유혹의 손길에 이끌려 함정에 빠질 수가 있다. 내가 자신 있는 것만 선택해야 하고 고민과 의문이 들 때는 최소한 3명 이상의 전문가에게 자문을 구하고 연구하고 고심해야 한다. 잘못 판단 시에는 폭탄을 맞고 사라질 수도 있으니, 욕심의 유혹에서는 멀리 벗어나는 게 살아날 수 있는 최선의 방법이다.

그 당시 억울하고 분하고 힘들었던 시간을 억지로 힘겹게 이겨내어 왔고, 세월이 강물처럼 빠르게 흘러갔으면 좋겠다고 외치며 살았다. 심한 스트레스를 받으며 힘들게 지냈던 그 시기의 고통으로 인해서 다음 해에 큰 병을 얻게 되었다.

하루의 시작이 은행 외환환율 표를 보고 시작하여 남은 고통의 나날을 하루씩 줄이는 계산이었다. 폭탄을 안고 살아가다 보니 '사는 동안 걱정 없이 살아갈 수 있으며 얼마나 좋을까?' 하는 생각이 들었다.

난 폭탄을 빨리 제거 하고 싶어서 은행과 매월 정산을 당겨서 한 달씩 빠르게 정리를 했다. 빨리 고통에서 벗어나고 싶었기 때문이었다.

어차피 맞을 매라면 빨리 맞고 마음 편히 살고 싶었기 때문이었다.

날마다 전쟁터에서 전쟁을 이기기 위해 싸우고 버티는 장군의 소임을 다하는 사명감으로 힘든 고난의 날을 보냈다. 환율전쟁이 끝나기만을 기다리면서….

걱정 없이 살아갈 수만 있다면 그것이 최고의 행복이라 생각되었다. 행복해지기 위해서는 위험한 것을 먼저 제거해야 한다. 무엇이 불안하게 하는지 위험요소를 파악하고 제거해야 한다. 처음부터 아예 위험한 요소가 생기지 않게 정확한 사리(事理) 판단이 중요하다. 행복해지기 위해서는 마음에 중심을 잘 지키며 욕심을 버려야 한다.

욕심을 버리며 걱정 없이 살고 당당한 걸음걸이로 어깨를 펼 수가 있다. 잘못된 판단의 과오(過誤)에서 허물을 벗어버리듯 떨치고 훨훨 날아가는 시간을 기다려본다.

이제는 접힌 날개를 펼 수 있고 버겁게 견뎌온 시간이 삶의 교훈이 된다. 너무나 큰 값을 치른 셈이다.

부족하지도 과하지도 않은 적정한 상태에 만족하면서 욕심 없는 사람은 마음 편히 생활할 수 있다. 너무 잘 나려고 하지도 않고, 욕심 없이 세상을 살아가면서 둥글게 편안하게 자연의 순리대로, 물 흐르듯이 풍파 없이 살아가는 게 최고의 행복이리라 생각된다.

6부

여행

북경, 타겟이 되다

여행을 좋아하다 보니 1년에 한 번은 꼭 해외여행을 계획한다.

여행은 삶의 활력을 주는 기쁨이 되고 에너지가 된다. 친정엄마 곁에서 주말이면 어김없이 엄마를 돌봐드리려 고생하는 여동생을 위해 선물을 준비했는데 중국 북경 여행이었다. 해외 여러 곳을 다녔지만, 가까운 중국 여행은 미루어 두고 천천히 꺼내서 먹을 영양제처럼 여행 에너지를 보관해 두었던 것이었다.

홈쇼핑에서 북경 여행을 판매하여 급히 예약해서 출발을 확정 지었다. 우리나라 국적기로 여행을 가는데 싸도 너무 싼 게 이상하다고, 가족들은 떠나는 날까지 의심을 했다. 아무래도 쇼핑을 많이 할 것 같으니 약만은 사 오지 말라는 가족 모두의 부탁이 한결같았다.

여동생은 귀가 좋지 않아서 비행기를 타는 시간이 2시간이라 무척 반가워했다. 중국 천진에서 비행기에서 내려서 관광을 하고 저녁에 호텔에 갔는데 '정말 그 금액으로 이렇게 좋은 호텔에서 잘 수 있을까?'라는 의문이 생길 정도였다. 중국 관광청에서 일부 부담을 해줘서 싼 가격에 올 수 있었다는 말에 상황이 이해되었다. 호텔 12층에서 내려다보는 야경이 너무 아름다웠고, 호텔 베란다에 커다란 욕탕이 있어 밖을 내다보며 온천욕을 즐길 수 있었다.

유럽에는 물가가 비싸기도 하지만 큰 호텔에서도 야경을 볼 수 있는 온천탕 같은 것은 볼 수도 없었다. 더군다나 객실에서 온천을 하면서 야경을 본 적이 없었기 때문에 천진 호텔 비용만 계산해도 여행상품 전액이 될 것 같았다.

다음날은 북경에서 자금성을 관람하고, 저녁에 금명 왕조 공연을 보았는데 정말 대단했다. 무대에서 몇 백 톤의 물이 쏟아져 나와서 공연의 클라이맥스를 장식했던 장면이 무척 놀라웠다. 가슴 벅차다는 표현이 맞는 것 같았다.

문제는 다음 날 터졌다. 노벨의학상을 받았다는 제약회사를 방문하게 되었을 때, 북경 조선족 여행가이드는 약의 놀라운 효능을 설명해 주었다. 여동생의 남다른 각오가 느껴져 왔다. 갱년기로 들어서자 온몸이 가렵고 이곳저곳이 아프다고 하소연했다. 동생은 이번에는 꼭 고쳐서 가리라 하는 각오가 남달라 보였다.

안내를 받고 테이블에 앉으려고 하는데 여동생은 제일 앞에 가장 가운데 자리에 먼저 가서 착석했다. 병을 고치겠다는 신념으로 나를 자기 옆자리에 앉으라고 권유하여 우리 자매는 최고로 열심히 설명을 청취하는 모범생처럼 메모도 꼼꼼히 했다. 의사 선생님의 질문에 여동생은 대답도 너무나 잘하고, 선생님의 설명에 고개를 계속 끄덕여 주는데 강의하시는 분이 우리만 쳐다볼 정도로 몰입되어서 여동생이 빨려 들어가는 느낌이었다.

강의가 끝나고 손을 보면 안다고 손바닥을 펴보고, 혓바닥을 내밀어 보라고 하는데 내 옆의 여행객을 보고는 대충 보면서 건강이 양호하다고 지나오고, 내 앞에 와서는 내 손을 펴라고 하는 순간이었다.

그때 여동생은 "우리 언니 잘 봐주이소."라고 말했다. 통역하는 조선족 여직원이 있어 의사소통은 잘 되었다.

"손바닥을 보니 건강이 안 좋은데 집안에 누가 편찮으신 분이 계셨나요?"

질문하니까 말이 떨어지기가 무섭게 여동생이,

"우리 아버지가 간암으로 돌아가셨습니다."

공이 땅에 닿기도 전에 올려 보내는 신호로 대답했다.

"언니 손을 보니 간이 나쁘네요." 통역원의 말이 끝나는 순간, 어찌하면 되겠는지 처방을 해달라고 여동생이 부탁했다.

"약을 6개월 이상 먹어야 합니다."

"제가 여태껏 간 나쁘다는 소리를 듣지 못했으니, 그렇다면 한 달 분만 처방해 주세요."

라고 말했더니 '한 달은 약 효과 못 보고 6개월 이상은 먹어야 한다.' 고 했다.

나는 '몇 백만 원이 되는 약을 어찌 한꺼번에 사겠냐'고, '한 달 아니면 안 먹겠다'하니 여동생은 카드를 10개월 나누어서 주면 되는데 뭘 걱정이냐고 거들었다.

"언니, 니 몸이 중요하지 돈이 뭐 소용 있노, 돈도 많으면서 왜 그리

못 사 먹노, 빨리 카드로 긁어서 사라."

여동생이 재촉하는데 의사와 통역하는 여직원 모두가 나에게 밀착되어서 빠져나갈 곳이 없도록 했다. 결국 어마한 금액을 카드로 긁는데 가슴이 콩닥거려서 식은땀이 났다.

여동생은 의사가 손바닥을 펴고 맥박을 확인하는데, 온몸이 가려우니 염증에도 좋고 면역력에도 좋다 하니, "선생님, 저는 노니분말을 먹으면 안 되겠습니꺼?"라고 물었다.

이런 말을 하니 강의 선생님은 그게 좋겠다고 하는데, 여직원의 손에 여동생의 카드가 들려 있었다. 한국 가면 몇 십만 원 주면 사는데 뭘 백만 원을 넘게 주고 사냐고 했더니

"내 건강은 내가 챙겨야지." 하면서 여동생은"10개월 분할로 해주세요."라고 의사 표현을 정확히 전달했다. 뒤를 돌아보니 25명 전체는 쉬고 있었다.

나는 순간 우리 자매가 낙찰되었다는 느낌으로 가슴이 써늘했다. 큰 약 가방을 여동생과 내가 하나씩 들고 나오는 내 모습을 보니 우습기도 하고 기가 막혔다. 단체모임에서 온 아줌마 6명이 "혹시 한 달밖에 못 산다 합니까?"라고 말을 걸어왔다.

"우리 언니는 돈도 많은데 자기 몸을 생각 안 해서 내가 몸 생각해서 언니한테 약 먹어라 했어예."라며 주거니 받거니 했다. 여동생과 나는 약이 든 큰 가방을 들고 단체 관광버스에 탔다. 여동생은 즐거울지 몰라도 나는 여행비의 12배로 주고 산 약값 때문에 몸에서 압축된 공기

가 빠지고, 쓸데없는 허풍만 부풀어 오른 듯 부담감만이 나의 내면에 가득 차 있었다.

버스 안에 들어가 앉으니, '엄마, 약은 절대로 사 오지 마세요.'하던 아들과 딸과 남동생의 얼굴이 떠올랐다. 다시는 여동생과 해외여행 하지 말아야 하겠다, 속으로 다짐했다.

여행 일정에 이화원 넓은 인공 호수의 배경에 감동했지만, 공사를 했던 수많은 사람의 아픔이 서린 곳이라 내 마음 역시 편치 않았다. 그래서 저녁에 단체 일행들과 여동생은 마사지실로 들어가고, 나는 테이블 옆에 혼자 남아서 이 약을 어찌 반납할 수 있을까 고민했다. 위약금을 물고도 반납하고 싶었다.

"가이드님, 제가 라텍스도 사고, 약도 사고 짐이 많아서, 제가 먹는 약도 있고 다니던 병원 주치의 선생님의 처방도 받아야 해서 아무래도 이 약은 반납했으면 좋겠습니다." 음료수를 대접하면서 부탁했지만, 라텍스는 가이드 일행 중에서 2주 이내 한국에 들어가는 사람 편에 꼭 보내 드릴 테니 약만 잘 챙겨 가라는 것이었다.

단호하게 거절하는 선택을 했더라면 이런 고민을 안 할 텐데, 후회와 압박감이 느껴졌다. 여행은 몸과 마음이 가벼워야 함을 깨달았다. 자연을 벗 삼아 넓은 대지를 느껴보려고 떠나온 여행인데, 엉뚱하게 큰 비용을 치렀다. 속상함 속에서도 사리 판단의 중요성을 배운 인생 공부를 했다고 생각했다.

북경 여행을 끝내고 출근한 월요일 아침에, 2주 전에 회사에서 단체 건강검진을 했던 결과 보고서가 내 책상 위에 있었다. 여태까지 검진 결과를 대수롭지 않게 보고 넘어갔는데 이번만은 달랐다. 얼마나 반갑고 고마웠던지!

펼쳐보는 순간 나의 시선이 간 검사 결과에 꽂혔고 아무 이상 없이 간 수치도 너무나 정상이었다. 순간 당했다는 느낌이 들어, 마음을 가다듬고 북경 가이드에게 전화했다. 우리를 데려갔던 제약회사 연락처를 알아내어 수습하기 시작했다. 많은 돈을 썼다는 것도 문제지만 맞지도 않은 약을 1년을 먹어서 어떻게 하라는 뜻인가를 회사관계자의 통역하는 조선족을 불러서 현상을 알려주었다.

나의 잘못도 있었기에 위약금을 5%로 물고 아무도 모르게 중국으로 가는 소포에 편지를 써서 수고와 마무리를 잘 부탁한다는 의미로 화장품을 선물로 동봉해서 보냈다. 무겁게 우체국으로 택배를 부치러 가는 나 자신을 보니 우습기도 하고 대견하기도 했다. 중국제약회사에 반품한 사례가 잘 없었기 때문이었다. 반품을 발송하고 며칠 후 카드 승인 취소를 시켰다는 연락을 받고 묵혀둔 고민이 사라졌다. 마음이 상쾌하고 기분이 밝아졌다.

여행 중에 좋은 인연을 만나기도 했다. 우리 집 근처에서 여행 오신 분으로 북경 여행 기간 내내 경상도에서 멀리 여행 온 여동생과 나를 항상 챙겨 주셨다. 지금은 삶의 지원군으로 어려우면 자문을 하고 의논을 하고 동행을 해주신다. 최고의 수확이 아닌가 싶다. 전직이 중학교 교감선생님이라서 사회에서 만나도 선생님이라고 부르고 따르는 게 어색하지가 않았다.

어려울 때 도움의 손길을 내밀 수 있는 분을 만나서 기쁘다. 중국 북경 여행의 최고의 행운은 선생님과 만남이기 때문이다. 지금도 오라버니처럼 대소사를 챙겨주면서 명절에는 풍성함을 열어주시고, 제조업 하기 힘들다고 용기를 불어넣어 주시고 신경을 써 주시는 든든한 지원군이 계셔서 행복하고 감사하다.

해외 첫 여행에서의 민망

해외 첫 여행을 앞두고 나는 몹시 설레고 들떠있었다.

여행 가는 날을 손꼽아 기다리며 날짜를 하루하루를 넘겼다. 또 주위의 사람에게 해외여행 간다고 자랑도 했다. 20년 전 내가 40살이 되던 때라 남보다 조금 빠른 나이에 부부동반으로 해외여행 간다는 자체가 선물로 여겨졌다. 남편의 대학원 동창 경제인 MBA 모임에서 부부동반으로 40쌍이 떠나는 해외 첫 여행지는 태국이었다.

초등학생을 둔 나는 친정엄마의 도움이 없으면 갈 수가 없었다. 사업 시작하느라 고생하던 우리 부부는 엄마의 헌신적인 도움을 받아 드디어 해외여행을 떠날 수 있었다.

비행 거리가 그다지 멀지 않은 동남아 여행이라 그나마 맘이 놓였다. 우리나라는 쌀쌀한 초겨울인데 공항에 내리자마자 후끈한 열기가 훅 다가왔다. 태양이 이글이글 뜨겁게 타오르고 있었다. 단체 인원수가 많아서 가이드 2명이 나와서 안내를 해주었으니 낯선 여행지인데도 별 부담이 없었다. 게다가 남편과 함께 여행하니 맘이 든든했다.

저녁 모임은 대부분 오너 경영인들이 모인 자리라서 식사도 훌륭하게 호텔 앞 바닷가에서 씨푸드와 바베큐 파티로 이뤄졌다. 그전까지 육류 고기를 입에도 대지 않았는데, 그날은 왠지 모르게 숯불 냄새의 유혹으로 고기를 먹어보고 싶다는 생각이 들었다. 생선도 먹고 나아가 돼지고기, 소고기를 한번 먹어보기로 했다. 난생처음 먹는 돼지고기 바베큐는 숯불과 밤바다의 유흥에 이끌려 냄새가 너무 좋아서 먹기 시작했다. 2~3점 먹었을까 갑자기 복통이 와서 견딜 수가 없었다.

곧 토할 것 같았다. 하지만 호텔 관계자와 음악 악단들을 포함 100여 명이 있는 장소에서 그럴 수가 없어서 화장실을 찾았다. 화장실을 태국 말을 미리 알아놓았으니 한 단어에 몸짓 표정만 지어도 알려 주었다. 난 달리기를 이렇게 빠른 속도로 달려 본 기억이 없었다. '한국인이 태국에 놀러 와서 공중위생이 엉망이다.'라는 오명을 남기게 될까 봐 더욱 빨리 뛰었다.

화장실로 달려갔다. 어라! 어떻게 되었는지 변기통으로 된 것이 하나도 보이지 않고 소변보는 용도로 자바라 문과 물만 내려가는 것 같았다. 호텔 야외 청소하는 사람이 보여서 토할 것 같다고 시늉을 해서 변기를 찾아 달라 하니 손 씻는 세면대에 토하라는 것이었다. 사방을 둘러봐도 변기가 없어 세면대 물이 있는 곳에 급히 토해냈다. 화장실 청소하던 내 또래로 보이는 아주머니는 나의 등을 두드려주었다. 몇 번을 토해내고 나니 이제 살 것 같다는 생각이 들었다.

이후 문제는 어떻게 세면대를 치워야 한단 말인가? 고민이었다. 청소하는 사람에게 입에서 나온 걸 치워 달라할 수 없어 봉지를 청소 담당자에게서 얻어 왔다. 세면대에서 손으로 건져내어 봉지에 담아서 움직이는 음식물 통에 넣고 또 손으로 비닐봉지에 건져 넣고 또다시 하나씩 다 건져내었다. 세면대가 막히면 한국의 이미지가 나빠질까 봐 깔끔하게 건져내고 세면대를 비누로 문질러 닦았다. 30~40분 정도 토하고 세면대 청소하고 이렇게 속을 다 비우고 나서 바베큐 파티장에 가보니 막바지가 되었다.

남편은 나를 본 순간, 첫날 심하게 고통스러운 내 모습을 처음 보고는 다음 날 고국으로 돌아가야겠다고 생각했다고 한다. 난생처음 먹어 본 육 고기에 배가 놀라서 체한 것이 해외 첫 여행 첫날을 그렇게 고생으로 힘겨워하니 다음날 만나는 사람마다 내가 어떤지 안부를 먼저 물어왔다.

첫날을 고통 속에서 보내고 둘째 날은 태국 방콕에 안마 받으러 갈 팀과 야시장 놀러 가려는 사람과 호텔에서 쉬겠다는 부류로 나뉘었다. 남편과 나는 의견이 달랐다. 남편은 안마 받으러 가는 20명 일행에 들어갔고 나는 시장의 모습이 그 나라 삶의 모습이니, 야시장을 가기로 했다.

우리 팀은 남자 사장님 4명과 여자 3명 모두 7명이 남남으로 부부는 한 팀도 없었다. 야시장을 간다고 데리고 간 우리나라 젊은 총각 가이드는 잠깐 맥주 한잔하고 가자고 불이 번쩍이는 곳에 우리를 세워 놓고 빨리 한잔하고 나와서 야시장 가자고 했다. 클럽이라고는 한 번도 가보지 못한 나에게 서구 문화처럼 낯 설기만 했다. 일행의 사모님이 들어가니 나도 따라갈 수밖에 없었다. 테이블에 앉아 맥주와 음료를 시켜놓고, 현란한 빛과 함께 무희들이 춤을 추는데 스텐 막대기에 매달려서 춤을 추고 있었다. 난 그게 봉춤이라는 걸 처음 알았다. 젊은 아가씨들이 대부분 18세 정도라고 하는데 어린 티가 완연히 났다. 난 원래 술을 입에도 대지 못하니 금붕어처럼 뻐끔뻐끔 음료수만 마셨는데 빈 맥주병의 숫자가 늘어날수록 란제리 속옷으로 춤을 추던 아가씨들이 나중에는 팬티만 입고 춤을 추게 되었다.

남자 사장들과 사모님들 속에 불빛이 파란빛으로 비추니 웃는 이만 하얗고 모두가 푸르게 변해 있었다. 가이드 총각이 야하기도 하지 이런 곳이라면 미리 언질을 줘야 하는데, 이건 너무 심하다고 빠져나가려고 해도 길을 모르니 할 수 없이, 화끈거리는 얼굴이 열감으로 더위를 확 몰고 왔지만 계속 앉아 있을 수밖에 없었다. 밤이 깊어갈수록 일어나야 하는데 절정을 알고 있는지, 가이드는 꾹 눌러 잠깐만 더 앉아 있자 하였다. 무대에는 빠른 템포와 함께 젊은 아가씨들이 실오라기 하나 걸치지 않은 자연인으로 춤을 추기 시작했다.

몇 분이 지났을까. 민망해서 나는 고개를 들 수 없었고, 나보다 나이가 많은 사모님이 이제 나가자고 해도, 가이드 총각과 남자 사장님들이 못들은 체 했다. 이글거리던 밤은 깊어가고 난감한 봉춤 장면에서 과감하게 내가 일어섰더니 곁에 있던 일행 사장님은 '절대로 우리가 이런 쇼를 봤다고 하면 안 됩니다.'라고 일러주었다. '사모님들, 남편분들께는 비밀로 해주세요.'라고 당부를 한다. 다음날 같이 갔던 사장님들과 여성 세 사람은 서먹하고 얼굴이 화끈해서 서로 보기가 민망했다.

셋째 날에는 파타야에 갔다. 물이 깨끗한 파타야에서 푸른 파도를 보니 가슴이 확 트였다. 푸른 바다가 첫날 겪은 몸의 고통을, 둘째 날의 민망함을 씻어 내려주었다. 해외 첫 여행 세면대 청소와 봉춤 구경은 잊지 못할 나의 추억으로 남아있다. 남편에게는 몇 년이 지난 후 봉춤 이야기를 하고 낄낄 웃었다.

해외여행을 기다리며

팬데믹이라는 광풍 속에 갇혀서 지낸 시간이 어느덧 2년 반이 되어 간다. 남녀노소 모두가 발이 묶여 움직이지도 못하고 사람과 사람이 부대끼며 정을 나누고 살아야 하는데 시국이 이런지라 그렇지 못했다. 나는 편찮으신 엄마를 못 뵈었고 엄마는 우리를 만나지 못한 채 임종을 하셨다.

마음 놓고 움직일 수 있는 일상의 생활이 그리워진다. 더군다나 답답한 기분을 전환시키거나 자신을 위해 여행을 가는 사람들에게는 세월을 도둑맞는 기분이 들기도 한다. 여행도 건강이 받쳐줘야 갈 수 있으니 젊을 때 여행도 많이 다니고 많은 것을 느끼고 싶었다. 결혼 20년 후 작은딸이 대학생이 되던 해부터 해외여행을 선언했다. 1년에 봄은 길게 유럽으로 떠나고, 겨울은 동남아로 여행하는 게 나의 희망이자 나에게 주는 선물이었다.

난 여행이나 오페라관람에 관심이 있지만 명품가방이나 명품의류의 브랜드 자체도 모르니 남들과 비교를 하면 순수 자연인에 가까울 것 같다. 골프도 남편이 등록을 해주어 몇 년 연습하고 처음 필드에 나갔으나 공이 뜨지 않으니 재미가 없어 그만두고, 골프 이야기만 나오면 할 말이 없어 조용해진다. 건강상의 이유로 가지고 다니던 차도 아들에게 넘겨주고 대중교통을 이용하고 걸어 다니니 나한테 진정 돈 쓸데가 없는 것 같다.

중저가 브랜드 가방을 출퇴근 때 들고 다니면 가방이 떨어져야 다른 것으로 바꾸니 남들이 보면 지지리 궁상이라고 느낄 수도 있다. 그러나 나는 당당하다. 한 달에 하나씩 명품가방을 살 능력이 있지만, '사고 싶지 않다고, 못사는 게 아니고 안 사는 거라.'고 하니, 딸이 "우리 엄마의 당당함에 존경스럽다."라고 해서 자연인으로 살고 있다.

내가 해외여행 가는 것에 돈을 쓸 때는 아깝지도 않고 행복하다. 코로나로 여행은 못 가고 여행 다녀왔던 곳을 방영하는 여행프로그램이 나오면 열심히 챙겨보고 있다.

코로나19로 꼼짝없이 해외여행을 두 해 미루다 보니 벌써 계획했던 나라가 10개국은 못 가게 된 것 같다. 여행을 다니다 보면 나이는 무시 못 한다는 것을 여행 온 일행들 속에서 느낀다. 도중에 탈락하는 사람도 있고 한국으로 되돌아가는 사람도 있고, 지팡이를 짚고 다니다 지쳐서 중도에 포기하고 차에 앉아있고 다른 사람에게 민폐가 되는 사례도 보았다.

유럽으로 여행을 떠나려면 최소한 11시간 이상 비행기를 타야 하고, 중 단기 여행이라 할지라도 10박은 기본으로 해야 한다. 그런 일정이다 보니 돈이 있고, 같이 가는 친구가 있어도, 건강이 받쳐주지 않으면 여행을 떠나기가 쉽지 않다.

지금처럼 전 세계가 코로나로 힘들어하는데 여행은 국가 간의 허락이 없으면 못 갈뿐더러 많은 코로나 환자로 나라마다 초상집인데 어찌 갈 수가 있겠는가.

여행하던 그때가 소중했다.

지금 생각하니 해외 가면 위험하고 변고가 생길까 봐 걱정하는 엄마를 설득하는 게 여행의 첫 준비이고 시작이었다. 지금은 잔소리하는 엄마도 없고 자유스러운데 코로나로 발이 묶여 떠날 수가 없어 아쉽다.

나는 유럽여행 중에서 동유럽을 먼저 택했다. 보통사람들은 서유럽이 1순위인데 난 우리 회사가 동유럽에 있기에 회사도 방문할 겸 먼저 목적지를 폴란드와 헝가리, 프라하, 오스트리아, 독일 5개국 코스를 정해서 대학에 입학한 딸과 함께 여행을 갔다. 폴란드와 헝가리는 1989년에 사회주의에서 자유민주주의 국가가 되었다.

폴란드에서는 우리 회사가 있으므로, 동유럽 패키지여행이었지만 우리 회사직원들과 저녁 만찬을 할 수 있도록, 자유시간을 1박 2일로 준다는 조건으로 계약하고 떠났다. 숙소도 개인으로 따로 해서 폴란드에 나간 한국 주재원들과는 저녁 만찬을 하고 숙소를 옛날 성주의 성이라는 회사 근처 호텔에 머물렀다. 외국에 나가 있으면 한국 사람만 만나도 반가운데 본사에서 파견한 주재원들은 가족과 다름없었다.

태극기를 보니 국가의 존재감에 감사와 자부심이 느껴졌다. 전에 우리나라 국책은행의 팀장이 폴란드 회사를 다녀와서 느낌을 전해준 말이 기억났다.

'태극기가 정 중앙에 게양되어 있고 양쪽에 폴란드 국기와 시를 상징하는 깃발이 게양되어 있어 태극기를 보니 가슴이 뭉클했다.'

대기업의 동반진출로 나갔지만 다른 나라에서 태극기만 봐도 애국자가 되는 기분이 들었다. 폴란드 국민에게 일자리를 주니 정부나 시에서도 감사하게 생각하고 있다고 했다.

이튿날 폴란드 국민 현지 직원들과 식사를 했는데 본사 CFO(재무총괄책임자)가 방문하고 위로해주었다는 자체만으로도 행복하고 고맙게 여겼다. 반겨주는 그들과 단체 사진을 찍으니 뜻깊은 소중한 추억의 한 페이지로 기록되었다.

다음날 오후에 헝가리에서 여행팀 일행들과 합세하여 관광을 마치고 숙소를 배정받고 야간 투어는 개인 또는 몇 명씩 모여서 가기로 했다.

저녁때 나는 딸과 헝가리 주재원을 만나겠다고 하여 헝가리법인장과 약속했다. 약속 시간이 지나도 주재원이 오지 않자, 같이 여행 온 일행이 '온다는 직원을 못 만났으니 따님과 두 사람이 따로 둘이서 여행하면 위험하다. 우리 일행과 같이 여행하자.'라고 제의를 했다. 딸은 불안했는지 같이 일행과 함께 야경투어 하자고 했으나, 나는 당당하게 '아닙니다. 우리 주재원이 곧 올 겁니다. 걱정하지 마시고 먼저 가셔서 구경하시라.'라고 말했다. 속으로는 직원에게 무슨 일이 생겼나 생각하면서 직원을 믿어주기로 했다.

딸의 생각에는 안 올 것 같다고 해도, 기다리면 온다고 안심을 시켰다. 한참이 지나자 직원이 일이 생겨서 좀 늦었고 한잔하고 택시로 부랴부랴 왔다고 한다.

그곳에서 딸이 나에게 '엄마를 일으키는 것은 당당한 자존심이라는 걸 알았다.'라고 했다. 설령 시간이 늦게 오더라도 믿어주기로 했기에 여행 일행이 몇 팀씩 와서 합류하자고 해도 굳건하게 기다렸다. 딸은 지금도 당당한 자존심 이야기를 가끔씩 해준다.

헝가리의 수도 부다페스트의 야경은 참 아름다웠다. 국회의사당과 어부의 요새 마주 보는 건축물로서 자연스러운 조화를 이루었다. 다뉴브 강의 야경이 화려하고도 고급스럽고 은은해서 프라하의 야경보다도 더 멋있게 여겨졌다. 지금도 그날의 기억을 잊을 수가 없다.

다음날 오스트리아로 국경을 넘었다. 예전에 폴란드에 있었던 주재원이 오스트리아 여인과 결혼했다는 소식을 알고 있었다. 이번에 이곳까지 여행을 왔으니 그 주재원에게 연락했다. 여행 온 일행이 어떤 회사인데 유럽 곳곳에 직원이 있냐고 물었다.

나의 마음에 현재의 직원들도 소중하고 예전의 직원이라 할지라도 소중했다. 그들을 챙겨보고 싶었다.

오스트리아 볼프강의 호수는 그야말로 그림 같았다. 고요하고 잔잔한 호숫가에 늘어선 빨간 지붕으로 된 집들의 그림자가 호수에 비쳤다. 아름다운 모습에 반해서 나는 그곳에서 살아보고 싶다는 생각이 들었다. 아마데우스 모차르트가 볼프강의 호수에 외가가 있어서 아마도 그의 많은 작곡에 영향을 끼쳤으리라 생각되었다.

여행은 내가 나를 위해 주는 보상 같은 시간이고 내가 유일하게 큰돈을 쓰는 계기가 되었다. 팬데믹으로 이제는 그런 즐거움이 사라져서 이렇게 지난 여행을 회상하면서 그때의 추억을 떠올려 본다.

2019년 프랑스 파리에 노트르담 대성당이 불에 타 버린 그날 가슴이 아팠다. 그 건물은 180년에 걸쳐서 완성된 프랑스 고딕 건축물의 최고 걸작이었다. 서유럽 여행 때 완벽한 노트르담 성당 내부에 들어가 보았다. 불에 타 버린 지금은 그때 찍은 사진으로만 감상할 수밖에 없게 되었다. 유네스코 세계문화 유산이 소실되어서 아까워서, 노트르담 성당복원을 어찌할 것 인가를 며칠을 계속 찾아보았다. 생각해보니 서유럽 해외여행을 미리 잘 다녀온 것에 대해 감사했다.

바티칸 시국의 웅장한 베드로 성당과 미켈란젤로의 천지창조와 최후의 심판 천장화 작품들을 직접 볼 수 있어서 감동이었다.

베수비오 화산폭발로 파괴되었던 로마의 옛 도시 폼페이를 여행하며 2천 년 전의 도시 모습을 상상해보았다. 목욕탕과 수로와 벽화를 보니 놀라웠다. 도로에도 밤에는 야광이 될 수 있도록 일반적인 조약돌에 부분적으로 하얀 광채가 나는 조약돌로 밤의 어둠을 밝혀주었다. 화산이 폭발하여 화석이 된 모습을 보니 그때의 아픔이 느껴졌다.

딸이 추천하여 선택한 스위스 융프라우를 가는데 산악지대에 철도를 완성시켰다는 게 놀라웠다. 산악열차를 타고 가면서 터널 끝에서 산과 빙하, 자연이 만들어낸 경이로움에 감탄했다. 정상에서는 눈이 내리고 조금 내려오면 눈을 찾을 수 없다는 게 이해가 되지 않았다. 자연의 신비로움에 다시 한 번 경탄했다.

코로나가 발생하기 전 봄에 발칸반도에 있는 크로아티아의 두브로브니크와 슬로베니아 블레드 호수를 남편과 다녀왔다. 가끔 TV에 비춰주는 내가 다녀왔던 세계 유적지와 관광지를 보면서 추억이 소환되어 이야기를 나누고 있다. 남편과 처음 유럽여행에 동반한 크로아티아 여행은 소중한 삶의 추억이 된다.

시간은 소중한데, 시간은 개울물처럼 흐르고 다시 강물이 되어 흐르듯 흘러내리는 세월을 붙잡고 싶어도 빠져나가고 있다. 코로나19가 빨리 사라져서 마음 놓고 해외여행 가는 그날을 기다려본다.

북유럽 죽음의 가방

해마다 북유럽 여행을 계획했지만, 날씨와 조건이 맞지 않아 미루어 왔다. 드디어 동반해서 갈 팀에 함께할 친구를 찾았다. 한 사람만 알아도 자연스럽게 팀이 꾸려지기 때문에 하루만 지나면 서로 알고 친하게 된다. 이왕 가는 바에 북유럽 패키지코스로 몇 개국을 다닐 계획이라 12박 13일의 룸메이트는 여행의 중요한 조건이기도 하다.

북유럽 노르웨이의 빙하와 산악 피오르드를 볼 수 있는 기간이 3~4개월뿐이라, 여행 시기가 중요하기 때문에 기회를 찾기가 힘들었다. 기대와 설렘으로 푸른 꿈의 결정체처럼 크루즈 여행도 끼어 있어서 기대가 부풀었다.

여행을 떠날 때 남편에게 여행 가방을 어떤 것을 들고 가면 좋을지 물어보았다. 남편은 내게 꽤 오랜 기간 여행하니 이왕이면 큰 것을 가지고 가야 하지 않겠냐고 조언을 해주어서 그의 의견에 따르기로 했다.

예전에 아들이 호주 어학연수를 1년 가 있을 때였다. '아들을 볼 겸 다녀오겠다'하니 남편과 딸이 동반하자고 하여 호주 여행을 가족과 함께 가게 되었다. 가족이 전체 여행가는 게 처음이라서 그런지 남편은 가방이 많으면 짐이 되어 귀찮다고 여행용 가방 2개만 가져가자고 했다. 작은 가방 하나에 가족 3명의 옷을 넣고, 또 다른 가방 하나에는 아들이 필요한 책을 갖다 달라고 하여 책을 담다 보니, 여행에 사실상 속옷만 챙겨 간 셈이었다.

10일 동안 같은 가이드와 계속 여행을 다녔다. 다른 가족들은 무지개 색깔로 번갈아 가며 매일 옷을 바꿔 입고 나왔다. 우리 가족만 매일 입었던 옷을 똑같이 입어서 '생활도 어려운데 허리띠 졸라매고 여행을 왔나 보다'라고 가이드가 생각을 했던 것 같았다. 가이드는 매일 변신하는 회계사 부부와 의사 부부를 주시하고 따라다니며 관심을 가지고 친절히 대해서, 나는 여행 가더라도 옷을 다양하게 입기 위해 큰 여행 가방이 필요하다고 생각되었다.

그냥 우리 가족 3명은 신경도 쓰지 않았는데, 나중에는 가이드가 소개하는 약을 너무 많이 사니까 일행 전체가 산 것보다 우리 가족이 산 것이 훨씬 많았다. 가이드에게 수수료가 도움이 된 것인지 그때부터 남편에게는 회장님이라고 부르고 나에게는 사모님이라 부르며 따라다니면서 가이드가 극진히 대해 주었다. 그 이후로 해외여행 때에는 가방은 큰 것을 들고 다니게 되었다.

집에서 해외여행을 떠날 때만 해도 여행 중 꽃바람처럼 매일 변신하려고 옷을 많이 챙겼다. 하지만 인천공항 출국장 면세점에서 선물을 사서 넣고 보니 가방이 더 묵직해졌다.

러시아에 먼저 도착하여 본 성 바실리 대성당은 참으로 아름다웠다. 그 성당은 내가 동화책과 추억의 게임 테트리스의 첫 화면에서 볼 수 있었던 꿈에 그리던 모습이었다.

한국을 떠나올 때부터 꿈만 같은 크루즈 여행을 손꼽아 기다렸다. 크루즈 선상에서 노을이 지는 바다를 바라보며, 파도의 춤사위와 잔잔한 악기연주를 들으면서 고급스러운 만찬을 먹었다. 한껏 여유로웠던 저녁 식사는 부의 상징처럼 뿌듯함과 행복감을 느끼게 해주었다. 크루즈 여행은 삶의 질곡에서도 잘 견뎌온 나에게 주는 큰 선물이었다. 크루즈에는 수영장과 나이트클럽과 대형면세점이 있었다. 선상의 많은 호텔 방의 위치가 달라서 호텔 방을 찾는 것도 헷갈리면서도 묘한 매력이었다. 선상의 침실에서 자고 나면 국경을 넘어 핀란드에서 노르웨이에 정박해 있었다. 그래서 첫날은 너무 행복했다. 크루즈 배의 크기에 따라 면세점에서 파는 물품이 달랐다. 면세점 쇼핑은 아줌마들이 가장 좋아하는 곳이라 아이들처럼 신나고 즐거웠다.

핀란드, 노르웨이, 덴마크를 구경하는 일정이었는데, 첫 번째 크루즈 면세점에서 쇼핑천국을 만난 신세계 느낌이랄까. 가이드가 무엇이 유명하다는 소리를 하면 바로 그 상품을 샀다. 아이들이 좋아하는 하리보 종류가 너무 많아 직원들과 가족들 것만 사도 한 가방에 가득했다. 나는 행복에 부풀어 가방이 무거워 힘들어질 것이라는 예상을 하지 못했다.

가이드가 우리나라 회장님이 여행 오면 꼭 사 가지고 간다는 와인을 추천해주었다. 우리나라 가면 두 배 이상을 줘도 살 수가 없다 했다. 술에 대해서 잘 모르는 나는 가이드의 말에 남편과 다른 사람에게 선물할 생각으로 2병을 샀더니 짐이 대단했다.

두 번째 크루즈 여행은 다른 크루즈로 바꿔 타고 국경을 이동해야 했다. 선실로 갈 때 가이드가 이 에스컬레이터는 위험하니 가방을 잘 잡으시고, 에스컬레이터 계단을 필히 2계단 이상 공간을 비우라고 당부했다. 나는 처음 본 선상의 면세점에서 이것저것 사다 보니 별도로 쇼핑백을 손에 들었고, 크로스백까지 가득 넣어서 짐이 삼중고였다.

가이드가 실제로 있었던 일이라고 일전에 어떤 여행객은 에스컬레이터에서 넘어져 머리카락이 끼어서 머리 살점이 다 떨어져 나갔고, 어떤 분은 다리가 부러져 깁스를 하고 유럽에서 한 달 이상 병원 신세를 졌다고 했다. 심한 경우 머리를 다치면 끝장난다고 주의를 단단히 주었다. 실제로 사망 사건이 있었다고 했다.

에스컬레이터는 경사가 가파르고 높은데다 길이도 길어서 위험해 보였다. 씩씩하게 잘 다니는 내가 가방이 무거워서 신경 쓰이기도 하지만 마음을 가다듬었다. 설마가 사람 잡는다고 맘을 단단히 먹고 주의했다. 나의 룸메이트는 "언니, 조심히 가자."하고 먼저 에스컬레이터를 탔다. 나는 양쪽에 짐이 많으니 큰 가방을 한 손으로 옮겨 들고 가는데 이상하게도 으스스한 기분이 들고 어쩐지 불안했다. 에스컬레이터가 7계단쯤 왔을까. 한 손으로 들었던 가방이 삐뚤어져 있어 바로 세워야겠다며 가방을 돌려놓는 순간이었다. 시퍼런 날이 선 모서리처럼 에스컬레이터 계단이 사나워 보였다.

아아! 내가 뒤로 넘어졌다. 그 상황에서도 에스컬레이터는 계속 올라가고 있었다. 순간 나는 살아야겠다는 의지로, 두려움 속에서 안간힘으로 버티며 정신을 집중하여 죽지 않으려고 어둠이 잠기는 순간, 머리를 들었다. 이 낯선 북유럽에서 죽으면 안 된다는 생각을 했다. 그 순간 일행이 빨리 뛰어와서 내 머리를 붙들어 주었고, 모두가 합심하여 나를 끌어내렸다. 어깨에 부상을 입고 그다음 놀라서 순간 정신을 잃은 채 바닥에 내려와 있었다. 몇 초 안에 사망 사건이 일어날 뻔했던, 아찔한 순간이었다. 다시는 기억을 하고 싶지 않은 에스컬레이터 사건이었다.

나를 보고 놀라서 에스컬레이터 위를 가고 있던 그들은 '언니!'하고 고함을 질렀다. 고함 소리와 함께 다시 넘어지고 부둥켜 끌어내리고 하여 겨우 악몽의 순간을 빠져나온 전쟁 같은 사건이었다.

내 머리가 짧은 단발이라 다행이었고 나풀거리는 스카프나 옷이 끼지 않아서 정말 다행이었다. 7계단에서 넘어져서 살아날 수 있었다. 순간 아차 하고 생각할 때 사고는 불같이 번지는 것 같았다.

가이드는 국경을 넘어갈 때마다 내 가방 무게를 측정하고 23 킬로그램을 넘으면 안 된다고 요주의인물처럼 나만 챙기기 시작했다. 불안했는지 에스컬레이터만 타면 모두가 나를 주시했다. 나를 살려준 다른 팀의 일행이 너무나 감사했다. 그날 밤 같이 넘어졌던 룸메이트 동생은 선상 호텔에서 토하고 난리 났다.

크루즈에서 잠을 잔다는 것은 첫날은 행복했고, 둘째 날은 고생했지만 셋째 날은 크루즈만 안 타면 좋겠다는 생각을 했다. 우리 일행 모두가 똑같은 생각을 했다. 난 다음부터는 크루즈 여행을 간다면 절대로 같이 가지 않겠다고 남편에게도 누누이 이야기했다. 남들은 못가서 야단인데 나는 크루즈에서 웃고 울던 기억들 때문일까? 그 또한 나의 추억의 한 페이지로 장식되었다.

덴마크 코펜하겐의 인어공주 동상을 보고 놀랐다. 안데르센 동화의 인어공주가 세계 많은 어린이에게 사랑을 꿈꾸는 아름다운 동화로 읽힌다. 랑겔리니의 바위에서 다소곳이 앉아있는 덴마크 국민에게는 국보로 간주되는 인어공주 동상을 보고 수많은 관광객이 왔다가 크기가 작은데 놀라고 실망한다. 그것을 보니 우리나라도 동화가 기억되는 작품으로 관광지를 만들어 보면 좋을 것 같다는 생각을 했다.

스웨덴 스톡홀름에 위치한 노벨상에 관한 박물관에서 나는 많은 것을 느꼈다. 노벨상을 수상하기까지 수상자에게는 많은 고통과 인내와 희생이 따랐을 것이다. 거칠고 매서운 바람 속에서 평생 눈이 시리도록 연구에 헌신한 결과라 생각되었다.

북유럽의 꽃은 노르웨이가 아닌가 싶다. 태고적 빙하를 만날 수가 있고 어마한 피오르드에 놀라움을 금치 못했다. 빙하로 굽이쳐 흐르는 폭포수 춤사위에 진종일 울어 대는 물보라로 피오르드는 꽃을 피우고 있었다. 노르웨이 빙하가 녹아서 피오르드를 형성하여 길이가 204km, 수심이 깊은 곳이 1,300m가 된다니 장관이었다. 실로 놀라울 일인데 갈수록 지구가 온난화되어 빙하가 녹아내리고 있다고 한다. 빙하를 나중에는 볼 수 없을 것이라는 생각에 마음이 안타까웠다. 노르웨이에서는 가는 곳마다 빙하를 만져보고 피오르드를 감상했다.

여행 갔다 온 일행들과 가끔씩 그때를 회생하면서 이야기를 하니 아찔하면서도 마음이 즐거워진다.

원수 같은 가방과 며칠을 더 보낸 뒤 귀국했다. 나는 가방 사건을 당분간 비밀로 했다. 내가 다음에 다시 해외여행을 하려고 할 때 나를 걱정하여, 가족이 내 여행을 반대할까 봐, 가방과의 사투를 가슴에 묻어두었다.

생의 한가운데서 거친 바람과 모진 삶이 던지는 충격의 무게로 가끔 흔들릴 때, 나는 북유럽에서 죽다가 다시 살아난 그때를 생각하며 삶의 희망을 얻는다. '새로운 아침이 또 온다.'라고.

치유의 섬 울릉도

거친 파도를 보면 편안하게만 이어지지 않는 인생과 비슷한 것 같다.

너울 치는 망망대해를 헤치고 여객선이 나아간다.

시린 가슴을 안고 나는 울렁거리며 여객선에 몸을 맡긴다. 멀리 시퍼런 파도를 보고 있노라면 시원하고 가슴이 뻥 뚫린다. 깊은 바닷속을 내려다보고 있노라면 아찔한 현기증과 함께 무섭기도 하고 물에 빠질 것만 같은 두려움을 느낀다. 눈을 들어 멀리 보이는 다가오는 섬을 바라보니 아름답고 평안한 느낌이 든다.

울릉도 가는 뱃길은 날씨 영향을 많이 받는다. 그래서 울릉도는 쉽게 가 볼 수 없는 섬이라 여겨진다.

우울과 충격에 빠져 눈물로 세월을 보내는 엄마와 중병을 앓는 여동생과 같이 여행을 간다는 것은 내게는 모험이었다. 30대 중반에 여동생이 유방암을 진단받고, 몸 상태가 조금 더 안 좋으면 이러다가 죽는 게 아닌가 하고 실의에 빠져 있었다. 울고 있는 여동생을 위해 할 수 있는 게 무엇일까를 날마다 나는 고민했다.

여동생이 암 투병 중에 삭발하고 울고 있는 모습을 보고, 초등학교 입학한 조카딸의 말이 나를 더 슬프게 했다. '우리 엄마가 머리카락이 없이 못생긴 엄마라도 좋으니 엄마가 살아만 있으면 좋겠다.'라고 속이 훤한 조카딸을 보고 동생은 애들 때문에 살아야 한다고 말했다. 하지만 여동생은 두려움에 날마다 죽음을 생각하고 있었다.

다음 해 갑작스럽게 친정아버지가 간암 말기 선고를 받고 2달 만에 우리 곁을 훌쩍 떠나갔다.

날마다 다투는 친정 부모님께 안부 인사가 오늘은 안 싸웠는지가 제일 궁금한 인사였다. 두 분이 그렇게 살아왔는데, 담담할 줄 생각했던 엄마가 날마다 울고 있었다. 예전에 3년 상을 치르는 것처럼, 아예 어두운 색깔의 옷만 입고, 웃지도 않고, 사람들을 피해서 다녔다. '미움도 사랑이고 정이다.'라는 그 말이 맞는 말 같다.

우울하게 살아가는 두 사람을 구해야 한다는 마음으로 나는 울릉도 여행을 선택했다. 여동생은 섬으로 간다고 하면 활기차고 신이 났다.

여행은 지친 우리를 위로하고 싸매어 주는 치료제이다.

섬 여행은 특히 계획이 필요하고 혹시 태풍이나 풍랑이 거세지면 며칠간 더 머물러 수밖에 없기에 대비를 잘하고 가야 한다지만 속히 실행에 옮겼다. 중병환자가 멀미라도 하면 큰일이지만, 울릉도 가자는 소리에 반가워하는 여동생의 음성이 밝았다. 제부가 휴가를 받아 엄마와 여동생을 인솔해서 서울로 왔다. 묵호항에서 울릉도로 여객선을 타고 가는데, 흥얼거리는 여동생의 노랫소리가 세상에서 돈으로 살 수 없는 최고의 보석처럼 빛나고 밝은 기분을 불러일으켰다.

생각보다 파도가 세차게 쳐서 다른 사람은 멀미하는데, 여동생은 밝은 기운으로 잘 견디어 주었다. 마음이 즐거우니 체력이 좋아지는 것 같았다.

울릉도 섬에 도착하니 날씨도 좋고, 많은 인파에 즐거워서 떠드는 소리가 흥을 돋우어 주었다. 울릉도 섬은 너무나 깨끗했고, 태양은 강렬하게 우리를 비춰주었다. 아름다운 마음으로 울릉도 섬을 바라보니 슬픔이 사라진 것 같았다. 우울하던 모녀의 입에서 밝은 목소리가 소프라노로 청량하게 나온다.

울릉도의 명이나물에 깔끔한 입맛의 일품으로 고기를 싸 먹었다. 엄마가 좋아하는 산채비빔밥을 먹으니 모두의 기분이 좋아졌다.

울릉도 밤바다의 모습 또한 아름다웠다. 마침 광복절 기념행사에 많은 가수들이 초대되었다. 공짜로 많은 가수를 본다는 기쁨에 신이 난 여동생의 기분은 최고조였다.

다음날 울릉도 해안 산책로를 몇 시간 동안 쉬엄쉬엄 다니면서 아픔을 털어 내는 작업을 했다. 철썩거리는 해안의 파도 소리는 혹독한 겨울의 어두운 터널을 빠져나와, 봄 햇살을 맞이하는 모녀의 상처를 씻어주고 있었다.

오후에는 나리분지에서 조껍데기 술을 먹었다. 달달한 맛과 아리한 맛에 슬픔을 타서 마셨다. 가족이란 이름으로 어울리고 보듬고 안아주니 기분 좋은 웃음이 활짝 피기 시작했다. 제부의 추천메뉴로 마지막 날 먹은 홍합 비빔밥은 지금도 잊을 수 없는 울릉도 특산메뉴이다.

2박3일의 아름다운 섬 울릉도는 슬픔과 아픔을 치유했기 때문에 잊을 수가 없다. 울릉도를 구석구석 보고 싶어 하는 여동생은 언제 또 올지 모르니 가 볼 수 있는 곳은 다 다니고 싶어 했다. 독도를 가자고 하는 여동생 의견에 불안해서 거절하고, 대신 울릉도의 산 정상에 자리한 독도 전망대에서 독도를 바라보기로 했다. 아쉽게도 못가 본 독도를 생각하면 지금도 눈에 아른거린다.

오랜만에 세 모녀와 제부가 함께한 여행이라 15년이 지나도 가장 환상적인 여행이라 여겨진다. 이 여행 멤버는 그 후 해마다 섬을 하나씩 찾아 여행을 다녔다. 제주도, 거제도, 욕지도 등 여러 섬을 다녔다. 그러나 80순이 넘어 이제는 도저히 걸음을 걸을 수 없는 엄마를 보면 가슴이 찡하다. 돌아보니, 장녀인 내가 제일 잘한 것 중 하나는 엄마를 모시고 울릉도를 다녀온 것이었다.

'제주도는 마음먹으면 갈 수 있지만, 울릉도 가기는 쉽지가 않다.'라고 동네 할머니들에게 자랑하는 엄마의 모습에서, 울릉도에 대한 엄마의 추억이 새록새록 피어나고 있었다.

여동생의 유방암 완치와 엄마의 우울증 치료에 힘이 되어 준 울릉도는 가족에게 고마운 섬이 되었다. 그때의 감사로 다시 만나고 싶은 섬, 울릉도는 내 가슴에 최고의 여행지로 남아있다.

경찰서에 신고를 당하다

나는 어릴 때부터 여행을 좋아했는지 누가 놀러 가자고 하면 신이 났다. 그렇다고 바쁜 부모님이 여러 자식을 몇 명씩 데리고 여행을 다닐 수 있는 형편도 안 되었다. 이런 나를 유심히 보고 아버지는 회사에서 단체로 야유회를 갈 때 나를 한번 데리고 간 적이 있었다. 야유회에서 만난 아버지 친구의 딸과 오랫동안 친구가 되기도 했다.

초등학교 6학년 때 한 아이가 시골에서 전학을 왔다. 전학 온 아이는 시골이 고향이라서 내가 더 친하게 따뜻하게 잘 대해 주었던 것 같다. 겨울방학이 되자 전학 온 친구는 자기 언니가 결혼식을 하니 시골에 같이 놀러 가자고 하여 나는 하룻밤만 자고 오는 조건으로 부모님께 허락을 받았다. 그러나 1주일이 지나도 집에 돌아가지 않았다. 그때 연락이 되지 않자 가족들은 경찰서에 신고하고 엄마는 딸이 죽었는지 살았는지 생사를 알려 달라고 온 동네를 찾아다녔다고 했다.

눈물과 사랑으로 키워 온 귀한 딸이 연락이 없었으니 가슴을 졸이며 잠도 제대로 자지 않고 며칠을 대문고리만 바라보고 있었다고 했다. 친구의 시골집에 전화가 없으니 소식을 전할 별다른 방법이 없었다. 날마다 가족들은 애만 태우고 눈물 섞인 엄마는 미칠 것만 같았다고 했다.

집으로 못 돌아온 이유가 시골에 간 첫날에 친구랑 읍내에 놀러 갔다가 내가 집으로 돌아올 차비를 몽땅 친구 엄마가 좋아하는 담배를 사주느라 써 버렸기 때문이었다. 친구의 엄마는 6살 연하인 12세 꼬마신랑과 결혼을 해서 힘이 들었는지 연세가 들어가자 골초로 담배를 사주면 좋아한다고 했다. 친구는 내가 돈이 없어야 빨리 집에 안 가고, 방학이니 마음껏 놀고 가도록 작전을 짰던 것이었다. 전학 와서 사귄 친구는 나 혼자라 그 애는 나와 좀 더 친하게 지내고 싶어 나를 시골에 더 머물게 하려고 꾸민 방안이었다.

"내일 집에 갈 때 친척 오빠가 너를 트럭으로 데려다준다고 하더라."
친구가 가지고 있는 돈은 다 써도 된다고 부추겨 하루 놀다 간다는 게 일주일을 보냈다.

내가 다음날 집에 가려고 하면 또 연기를 시키고, 차비가 없는 나는 친구의 말을 들을 수밖에 없어 걱정은 되었지만 데려다줄 때까지 기다렸다. 친구의 시골집에서 엄마에게 연락할 방법이 없던 나는 걸어서라도 집으로 돌아가야겠다고 친구에게 선포했다.

도저히 데려다줄 기미가 안 보여 내 친구에게 억지로 차비를 빌려서 집으로 돌아왔더니, 화가 많이 난 엄마는 방망이로 들고 와서 무조건 나를 패버렸다. 두들겨 맞는 것이 난생처음이라 많이 놀랐지만, 방바닥에 깔려 있던 이불을 뒤집어쓰고 맞아서 그래도 다행이었다. 얼마나 걱정하고 가슴이 답답했으면 엄마가 나를 경찰서에 신고했을까?

불안과 슬픔으로 눈물로 보낸 엄마의 심정이 이해가 되기도 했다.

시골 여행이 너무나 하고 싶어서 벌인 짧은 여행이 엄마에게는 딸을 애타게 찾는 사건을 만들고 말았다.

나도 딸을 키워 보니, 그때 엄마가 얼마나 마음고생이 심했을까 생각하면 지금도 죄송하다.

그 일을 겪은 때가 초등학교 6학년 때였다. 그 사건 이후 나는 만약을 대비해서 비상금은 꼭 남겨 둬야 하고, 돈을 비축해야 낭패를 당하지 않고 대책을 세울 수가 있다는 사실을 깨달았다. 무슨 일이 있더라도 봄에 뿌릴 씨앗을 남기듯 비상금은 꼭 간직해야 안전하다는 것을! 어릴 때 영향으로 경제 개념이 확실해진 것 같다.

불이 났다구요

도시에서 성장한 나는 농촌이 고향인 친구들이 부러웠다. 그 친구들은 학교에 다니기 위해 어쩔 수 없이 어린 나이에 도시에 나와서 자취할 수밖에 없는데, 나의 눈에는 그 친구들이 좋아 보였다. 여고 입학 후, 어느 날 하교 시간에 봄비가 갑자기 소나기처럼 쏟아졌다. 갑작스러운 비에 나는 파란 비닐 대나무 우산을 사서 쓰고 집으로 가고 있었다. 내 앞에는 여고 동문이 비를 맞아 교복이 흠뻑 젖은 채 가고 있었다. 우산을 같이 쓰고 가자고 초면에 말을 걸었다.

동기라는 걸 알았고 농촌이 고향인데 중학교를 마치고 자취를 하고 있다는 걸 알고 더 좋았다. 그때부터 같은 반은 아니었어도 같은 방향 하굣길의 말동무는 진실한 벗으로 자리 잡게 되었다. 농촌이 고향이라는 자체만으로도 나에게 든든한 배경처럼 느껴졌다. 나는 농촌 체험을 하고 싶었지만 부모님이 도시 사람이라 농촌에는 갈 곳이 없었다.

우산을 같이 쓰고 나서 친구가 된 그 동기는 가을 추수철이라 일꾼이 모자라서 매주 자기 집에 가야 해서 바빴다. 나는 농촌 일손 돕기를 하러 간다고 엄마에게 친구를 데리고 와서 안심시키고 승낙을 얻어 토요일 오후 그녀를 따라 집을 나섰다.

꿈에 그리던 시골에 오니 공기부터 달랐다. 내가 살던. 마산(현재 창원)에서 멀지 않은 함안군인데 어느 누구와도 함께 와보지 않았던 곳이라 풍경만 봐도 배가 불렀다. 마주치는 게 감나무고 배나무를 비롯해 먹을 것이 지천에 널려 있었다. 가을 들녘의 허수아비는 넓은 들판의 주인처럼 버티고 들국화와 코스모스는 길가의 꽃 잔치로 한 폭의 풍경화였다.

시골이지만 다행히 전깃불은 들어왔고 TV 대신에 라디오 듣는 게 전부인 것이라 낭만을 느끼게 했다. 사랑방에서 친구랑 누워서 도란도란 이야기하는데, 시골 방 안에서 느끼는 특유의 냄새가 친근함을 더해주었다. 사랑방에는 세계 문학 전집이 있었는데 수많은 세월을 보낸 터줏대감처럼 누렇게 꽂혀 있어 책 냄새가 은은한 향나무 같은 향기를 주었다.

늦가을의 쌀쌀한 날씨 때문에, 따뜻한 아랫목과 고구마 부댓자루는 시골 고향의 포근함을 느끼게 해주고 군고구마와 홍시의 맛은 일품이었다. 친구와 밤새도록 이야기하는 바람에 허기를 느껴 우리 둘은 라면 봉지에 가득히 들어있는 땅콩을 불을 피워 볶아서 먹었다. 땅콩을 먹은 후 이튿날 그다지 배고픔을 느끼지 않아 병들었나 생각을 했을 정도였다.

다음날 누런 황금벌판에 벼 베기를 하러 난생처음 낫을 잡아보았다. 벼 베는 일이 서툴러 일군이라고 할 수는 없지만, 농촌 일손 돕기 사명은 제대로 해야 한다고 생각하고 처음으로 알알이 엮어지는 구슬땀을 느껴보았다. 들녘에서 듣는 라디오는 친구이면서 소식을 전해주고 음악을 선물하고 있었다.

한참 후 정오의 뉴스가 나왔다.

"어머, 이 일을 어찌해!"

우리 가족이 사는 아파트에서 불이 났다고 그것도 우리 옆집으로 소방차가 몇 대씩 갔다고 하는 뉴스에 깜짝 놀랐다.

나는 벼 베기를 하던 낫을 던져놓고 친구 아버지께 인사를 하고 짐을 챙겨서 급히 나왔다. 시외버스 주차장을 나오는데 읍내를 연결해주는 버스가 없어 걸어서 나오다가, 대절했던 사람을 내려주고 돌아가던 빈 택시를 보고 잽싸게 올라탔다. 수중에 가진 돈은 없었지만 옆집에 불이 났으니 우리 집 식구들이 혹시 어찌 되었는지, 집에 가면 어찌해도 택시비는 빌려서라도 주면 될 것 같았다.

택시를 타고 가는데 연락을 할 수 없고 마음은 안절부절, 몇 번이고 어디쯤 왔는지 창밖을 내다보다가 눈에 익은 곳이 들어왔다. 초등학교 시절 친구의 시골 고향이었다.

그때를 생각하면 택시 대절을 해서 가더라도 엄마에게 얼굴을 보여주고 가족들을 찾아야 한다는 사명감 같은 게 느껴졌다.

"돈을 많이 드릴 테니 아저씨, 빨리 우리 집으로 가주세요."

"우리 집에 불이 났다구요." 택시 운전 아저씨에게 애원했다. 아저씨는 여고생의 부탁을 들어주었다. 덕분에 나는 택시를 타고 가는 바람에 빠르게 집에 도착하여 가족들과 상봉했다. 친구의 고향을 내 고향처럼 느껴보는 비용으로 그날 비싼 택시비를 지불해야 했다.

불은 윗집 부엌 베란다에서 풍로에 불을 붙이고 나서 덜 꺼진 성냥을 아래층이 보이는 구멍으로 버리는 바람에 일어났다는 것이었다. 성냥의 불씨가 아랫집의 신문에 붙어서 큰불이 나서 소방차가 몇 대가 왔다는 것이었다.

옆집 사람은 외출 중으로 집에 아무도 없었다. 불을 끄려면 그 집 현관문을 따야 하는데 계속 불길이 번지자, 우리 집 베란다에서 옆집 베란다 창문을 부수고 문을 열어야 했다. 오빠와 소방관이 힘을 합하여 그 일을 해내어 간신히 불씨를 잡을 수가 있었다고 했다. 다행히 우리 집에 불이 옮겨오지 않아 가족들이 무사했다.

'가족'은 힘이 세다. 큰일을 당하면 가족이 뭉친다. 동고동락하며 엉키면서 살아온 가족은 희망이 되어주고 삶의 근원이자 힘이 되어 준다. 힘든 일이 생기더라도, 가족은 사랑으로 서로를 다독이고 의지로 힘든 일을 이겨낸다. 그 따스한 온기로 마음이 하나가 된다.

문학과의식
2022 산문선

김영미 수필집

어~ 담이 왜 넘어가지?

발행일 2022년 8월 1일

지은이 김영미
펴낸이 안혜숙
디자인 임정호
삽 화 곽민지

펴낸곳 문학의식사
등록일 1992년 8월 8일
등록번호 785-03-01116
주소 우편번호 23014 인천광역시 강화군 하점면 강화대로 939
우편번호 04555 서울 중구 수표로6길 25 501호(서울 사무소)
전화 032.933.3696
이메일 hwaseo582@hanmail.net

값 12,000 원
ISBN 979-11-90121-36-1